真贋

Authenticity

今野敏

Konno Bin

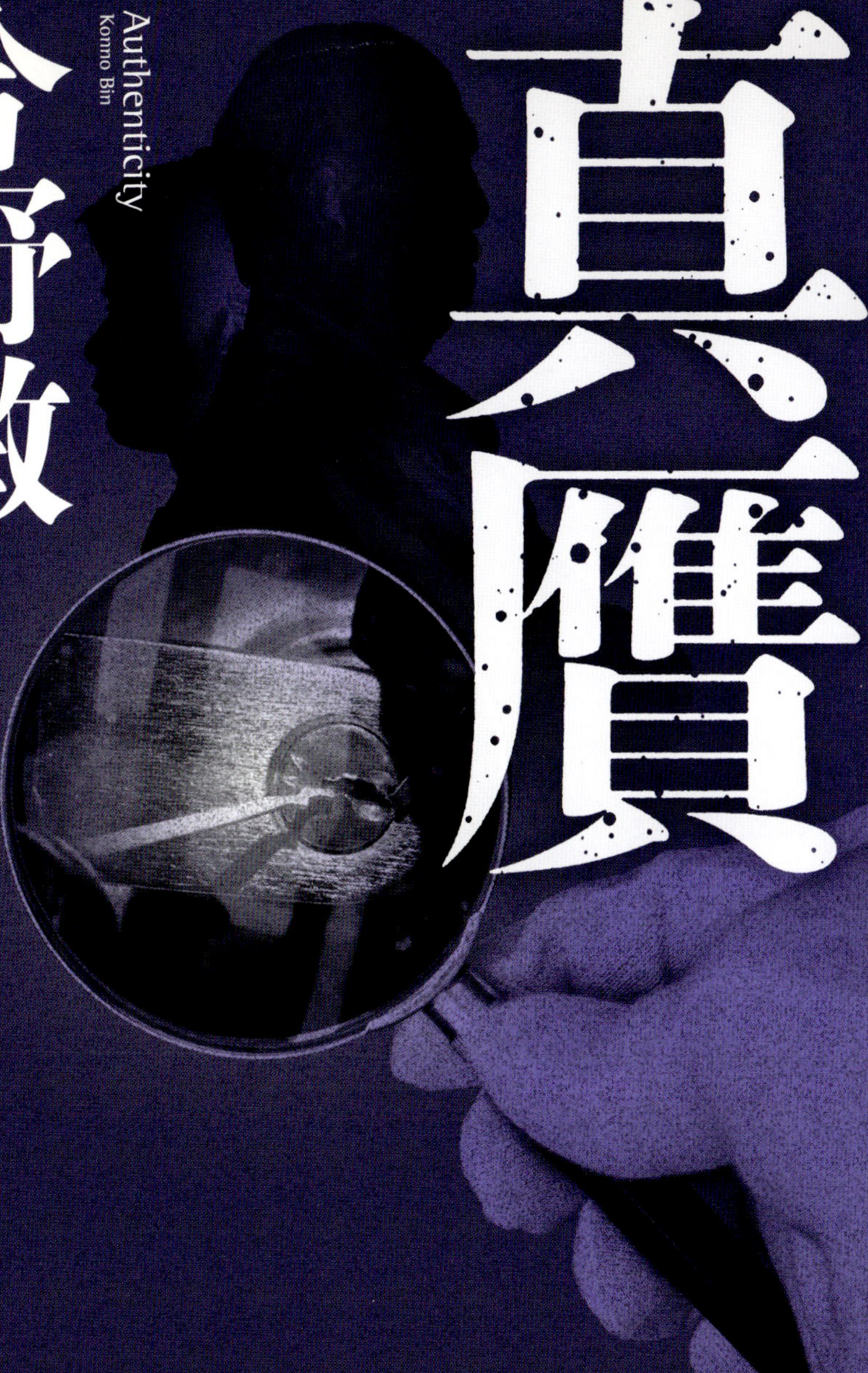

双葉社

真贋

装丁　坂野公一（welle design）
写真　©Adobe stock
Shutter stock

1

細い路地が入り組んでいる。家々が庇を接するくらいに密集しており、見通しは悪い。狭い敷地でも、人々はなんとかプライバシーを大切にしようと、生け垣や塀を巡らし、外からの視線を遮ろうとする。

それが、防犯の面では裏目に出ることもある。

今回がそうだった。ブロック塀のせいで、勝手口が周囲からまったく見えない位置にあった。しかも、住宅地で人通りは少ない。

窃盗犯にとっては、落ち着いて仕事ができる環境というわけだ。

目黒区内で窃盗事件があったという無線を聞き、萩尾《はぎお》秀一《しゅういち》警部補は現場に出かけてみることにした。

小さな事案は、所轄に任せておけばいいという捜査員は多い。だが、萩尾は、できるだけ現場を見ておきたいと思う。

それが、蓄積となる。盗犯を担当する捜査三課の萩尾にとって、情報の蓄積は何よりも大切だ。

無線を聞いた萩尾は、相棒の武田《たけだ》秋穂《あきほ》に言った。

「現場に行ってみよう」

「えっ。所轄の要請もないのに臨場ですか？」

萩尾は、顔をしかめた。

「捜査一課じゃないんだ。いちいち所轄に呼ばれるのを待っていたら、仕事にならないよ」

「わかりました」

秋穂は、勢いよく立ち上がった。

彼女は、ショートカットで中肉中背。鍛えられたいい体格をしているが、本人はいつも、自分を太っていると言っている。

萩尾から見ると少しも太っていないのだが、最近の若い女性は、やたらに痩せたがり、秋穂も例外ではないのだろう。

おそらく、モデルのような体型に憧れているのだろうが、萩尾に言わせるとモデルの体型はそんなに魅力的ではない。あれは、洋服をきれいに見せるためでしかない。

まあ、冴えない中年男の萩尾がいくら言ったところで、秋穂は耳を貸さないだろう。

地下鉄と電車を乗り継いで、現場にやってきた。

テレビドラマだと、刑事たちは颯爽と車で現場に乗りつけるが、実際はそうはいかない。捜査車両は限られている。

緊急性がない場合は、捜査員はたいていい電車やバスを使って移動する。

目黒署の刑事課盗犯係の係長が、萩尾を見て声をかける。

「おう、ハギさん。本庁が出張るほどのヤマじゃないぞ」

「どんな事件も、被害者にとっては一大事だ」

目黒署の係長がうなずいた。

「違いない……」

彼の名前は、茂手木《もてぎ》進《すすむ》。四十六歳の警部補だ。

捜査一課は、例えば殺人捜査の係がいくつかあって、事案ごとに担当する。その他の強行犯についても同様だ。

だが、捜査三課には、担当の地域がある。

萩尾がいる第五係は、第二、第三、第四方面を担当している。

第二方面は、品川区、大田区の一部、第三方面は、世田谷区、目黒区、渋谷区、第四方面は、新宿区、中野区、杉並区だ。

ちなみに、第四係が、第一、第五、第六、第七方面を、第六係が、第八方面、第九方面を担当している。

萩尾は、自分が担当している区域内で窃盗事件が起きると、できるかぎり足を運ぶことにしていた。

おかげで所轄の捜査員とはほとんど顔馴染《かおなじ》みになっていた。

萩尾は茂手木に尋ねた。

「手口は?」

「もうじき、鑑識の作業が終わるから、ちょっと待ってくれ」

鑑識が指紋や足跡を採取し、現場の様子や遺留品の写真撮影を終えるのを待つ。よく、テレビドラマでは、鑑識の作業と刑事の検分が同時に進行しているが、実際にはあり得ない。

鑑識が作業をしている現場に刑事が足を踏み入れたら、鑑識に怒鳴られる。彼らが採取する証拠品は、犯人割り出しの手がかりになるだけでなく、公判の維持のために必要になる。

そのために、現場はしっかりと保存されていなければならないのだ。

やがて、鑑識のオーケーが出て、刑事たちがようやく現場の検分を始める。萩尾は、窃盗犯の侵入口となった勝手口のドアを見た。

ガラス窓などのない、合板製のじょうぶなドアだった。

多くの場合、侵入口になるドアにはガラス窓があり、そのガラスを割って、内側からサムターンなどを操作して解錠する。

今回のケースでは、それが不可能だ。外側から解錠したのだろう。通常のシリンダー錠の場合、ピックとテンションと呼ばれる二本の細い棒状のピッキングツールで解錠することができる。

萩尾は、すぐ後ろにいた秋穂と場所を代わり、言った。

「どう思う？」

「これ、ディンプル錠ですね。解錠するのは、難しいですね」

それまでのピンシリンダー錠は、ピッキングですぐに解錠されてしまうということで開発されたのが、ディンプルキーを使用するディンプル錠だ。

ディンプル錠が普及した頃は、確かに錠前破りが減った。窃盗犯の側が対処できなかったのだ。しかし、技術の世界はいたちごっこだ。すぐに、ディンプル錠をピッキングする連中が現れ、その技術はたちまち広まった。

萩尾は言った。

「今どき、プロはどんな錠でも開けちまうよ」

茂手木係長が、萩尾に言った。

「鑑識によると、ピッキングの痕跡があるということだ」

「中の様子を見てみよう」

靴にビニールカバーを付けて、家に上がる。目黒署の捜査員が被害者から話を訊いている。老夫婦だ。

このあたりのような、都内の古い住宅街は、たいてい住民が高齢化している。老夫婦だけの世帯が増えているのだ。

この家もおそらくそうなのだろうと、萩尾は思った。若い人が暮らしている様子がない。子供がいたとしても、すでに独立して、今は老夫婦だけで暮らしているに違いない。

萩尾は、室内の様子を見て老夫婦に近づいた。話を聞いている捜査員に「ちょっといいか」と断ってから、質問した。

「室内を片づけたりはしていないですね？」

夫のほうがこたえた。

「何もしていません。異常に気づいて、すぐに一一〇番しました」

萩尾はうなずいた。

犯人は勝手口から侵入してまっすぐにリビングルームにやってきている。そして、サイドボードのひきだしを開けて、金品を物色したはずだが、開いているひきだしは一つだけだった。

萩尾は、捜査員に尋ねた。

「あの開いているひきだしの中にあったものが盗まれたんだね？」

「はい。現金です。二十万円ほどあったということです」

「他には？」

「何も盗まれていないそうです」

「他のひきだしを物色した跡は？」

「それが……」

捜査員は戸惑ったように言った。「他のひきだしを漁《あさ》った様子はないんです。それについては、鑑識もそう言っています。まるで、そこに現金があるのを知っていたように、あのひきだしだけ開けているんです。もしかしたら、事情を知っている者の犯行じゃないかとも考えているのですが……」

萩尾はかぶりを振った。

「いや、知り合いの犯行じゃないね」

「え……？」

萩尾は、振り向いて秋穂に尋ねた。

「おまえさん、どう思う?」

秋穂は即座にこたえた。

「これ、ダケ松の手口ですね」

萩尾は思わずほほえんだ。

「さすがは、俺の相棒だ」

目黒署の捜査員と、被害者の二人が怪訝《けげん》そうに萩尾たちを見た。

「ダケ松……?」

捜査員が尋ねる。「それは、何ですか?」

「松井栄太郎《まついえいたろう》という常習犯だ。獲物が入っているひきだしや棚だけしか触らない。だから、ダケ松の異名がある」

「獲物が入っているひきだしや棚だけ……」

「そう。空き巣やこそ泥の常習犯になると、金目のものがどこにしまってあるか、即座に見当が付くようになってくる。だから、仕事に無駄な時間がかからない」

秋穂が、その後に続けて言った。

「ダケ松は、その中でも特に眼が利くんです。十中八九、最初に触れた場所に金目のものがあり、それだけを盗む」

萩尾がさらにその後を続けた。

「そして、ダケ松はたいてい現金か、かさばらない宝石類を狙う。故買屋《こばいや》を信用していないんだ」

捜査員がメモを取る。

「そのダケ松に間違いないんですね？　本名は何と言いましたっけ？」

秋穂がこたえた。

「松井栄太郎。栄太郎は栄えるに太郎」

その捜査員は、その場を離れた。おそらく、茂手木係長に知らせに行くのだと思った。案の定、それからすぐに茂手木がやってきて、萩尾に言った。

「ダケ松だって？」

萩尾はうなずいて、一つだけ開けっ放しになっているひきだしを指さした。

「鑑識に訊いてみるといい。おそらく、犯人は、この室内では、あのひきだし以外に手を触れていない」

「なるほど……」

茂手木係長が言った。「ハギさんが言うとおり、こいつはダケ松の仕事だな……」

「俺が言ったんじゃないよ。最初にそう言ったのは、相棒の武田だ」

茂手木係長は、秋穂を見て言った。

「なるほど、ハギさんの直弟子か」

「弟子じゃない。相棒だよ」

「ダケ松を手配する」

「俺のほうでも当たってみるよ」

「頼む」

萩尾は、うなずいて被害のあった家を出た。秋穂がすぐ後ろについてきて言った。

「あんなお年寄りからお金を盗むなんて、許せませんよね」

萩尾は路地に出て、周囲を見回しながら言った。

「被害者が年寄りだろうが、若者だろうが、窃盗は許せないよ」

「そりゃそうですけど……」

「今どきは、若い連中のほうが金がないんじゃないかね。年寄の中にはかなり貯め込んでいる人もいる」

萩尾は、被害者宅を振り返った。「特に、こんな一軒家を持っている人たちは、な。ダケ松の目付《めつけ》は伊達じゃない。やつは、金のない家に入ったりはしない」

「なるほど……」

「新宿に行くぞ」

「新宿ですか？　何しに……？」

「手がかりを探しに行くんだ」

「目黒の事件の手がかりを探しに、新宿に……？」

萩尾は、秋穂の疑問にはこたえずに、歩き出した。

萩尾は、新宿の西口にある小さな居酒屋に向かった。まだ午後五時を過ぎたばかりだが、その店は開いているはずだった。

もっとも、気のきいた肴《さかな》などはない。カウンターだけの店で、客も肴など注文せずにただコップ酒やホッピーをちびちびとやっている。

店をのぞいた萩尾は言った。

「やっぱりいたか」

カウンターの奥の席にいた男が萩尾のほうを見た。いっしょに店を覗き込んでいた秋穂が言った。

「なあんだ、鍵福《かぎふく》さん」

萩尾は、秋穂に言った。

「さんはいらないよ」

鍵福と呼ばれた男が言った。

「おや、萩尾のダンナ。俺に会いにいらっしゃるとは、何かありましたね？」

萩尾は、狭い店の奥に進み、鍵福の隣に腰を下ろした。その横に、秋穂が座る。

鍵福こと福田大吉《ふくだだいきち》は、錠前破りのプロだ。六十六歳で、もう引退したと本人は言っている。本当かどうか、萩尾は怪しいものだと思っている。

「こんな時間から飲んでちゃ、体壊すぞ」

「毎日飲んだくれているわけじゃないですよ」

「ここに来ると、必ずあんたに会えるのは、どういうわけだろうな?」

鍵福は、にっと笑った。

「そいつはね、俺とダンナ、縁があるからですよ」

「縁ね……」

「このあたりもねえ、今じゃ思い出横丁なんていうんだそうですよ。どうもぴんとこない。やっぱりションベン横丁のほうが、俺たちにゃ似合ってますよ」

「俺も、昔の呼び方のほうが好きだ」

「世の中、なんでもかんでも口当たりや聞こえがよくなって、なんだか味けがなくなりましたねえ」

「そうだな。……ところで、おまえ、ダケ松のこと、知ってるな?」

「ダケ松? ええ、もちろん知ってますよ。なかなかいい仕事をするやつです」

「ダケ松が若い頃に、あんたが錠前破りを教えたって話もある」

「誰がそんなこと、言ったんです。俺は、あいつとは何の関係もありませんよ」

「そう、警戒するな。おまえをどうこうしようなんて思っていない。話を聞きに来ただけだ」

「何が訊きたいんです?」

「ダケ松のヤサとか……」

「そんなの、とっくにご存じでしょう?」

「俺たちの情報は古いんだよ。ああいう連中は、しょっちゅう居所を変えちまうんでな……。たぶん、今頃所轄の連中が、記録にある住所を訪ねているだろうが、そこにはもういないだろう」

鍵福は、横目で萩尾を見た。

「所轄……？　ダケ松が仕事をしたということですね？」

「目黒区内の住宅街だ」

鍵福は溜め息をついた。

「ダンナは、俺に仲間を売れとおっしゃるわけで……？」

「情報をくれと言ってるんだ。あんた、仲間と言ったが、引退したんじゃなかったのか？」

「引退したって、仲間は仲間です」

「今、あいつがどこに住んでいるか、教えてくれるだけでいいんだ」

「知りませんよ」

「鍵福よ。俺を助けると思って、教えてくれないか」

「そんなこと言われてもねえ……」

そのとき、秋穂が言った。

「ねえ、鍵福さん。お願い。もし、ご存じなら、教えてください」

鍵福は秋穂を見て、目を細めて笑う。

「まいったねえ。お嬢にそう言われると……」

「萩尾さんと私を助けると思って……」

鍵福は、目尻を下げる。

「まあ、お嬢には特別に教えてやってもいいなあ」

「おい、鍵福」

萩尾は言った。「俺には言えないのに、武田には教えるのか」

「俺はね、お嬢には弱いんだよ」

「おもしろくねえな」

「ダンナ、そうふてくされるもんじゃねえ。ダケ松のヤサが知りたいんですね？」

「そうだよ」

鍵福は、秋穂に笑顔で言う。

「お嬢、ダケ松がどういう仕事をするか知ってるね」

「もちろん。獲物が入っている場所だけを狙うんですよね」

「それは入ってからの話だ。仕事は、そのずっと前から始まってるんだよ」

「下見ですね？　たしかダケ松は、下見に何日もかけるって……」

「そう。何度も足を運ばなければならないんだ。それがどういうことかわかるかい？」

「被害にあったのは、住宅街の一軒家。周囲もそういう家が多い。つまり、不審者がうろついていれば眼につくような地域ですよね」

「そういうことだ」

「何度も足を運んでも怪しまれないということは、その近くに家があるということかしら……」

「その日暮らしの盗人が、下見のために電車を使って何日も通うと思うかい？」

「現場へ徒歩で行ける距離に住んでいるということですね？」

「ダケ松のようなやつが、高級マンションに住めるはずはない。どんなところに住んでいるかおのずとわかるだろう」

　萩尾は鍵福に言った。

「現場から徒歩圏内の安アパート……。ずいぶんぼんやりとした話だな……」

「あとは、警察の捜査力で何とかしてくださいよ」

　萩尾は、財布を取り出し、二千円出してカウンターに置いた。

「飲み代は、これで足りるだろう」

「ダンナ、もう少し色を付けてくださいよ」

　萩尾は、千円札をもう一枚出した。そして、立ち上がった。

　秋穂も立ち上がり、鍵福にぺこりと頭を下げる。

「ありがとうございました」

　鍵福が言う。「お嬢、いつでも会いにきなよ」

「あいよ」

　萩尾は、秋穂を押し出すようにして店を出た。

2

萩尾は、新宿から目黒署に向かった。そろそろ、茂手木係長も署に戻っている頃だ。

山手通りに面している目黒署は、中目黒駅から歩いて十五分ほどかかる。ＪＲ目黒駅からはもっと遠い。

だが、萩尾にとってはどうということはない。刑事は歩くのが仕事だ。

萩尾は、目黒署の刑事課盗犯係を訪ね、茂手木係長に尋ねた。

「ダケ松の手配は？」

「あれ、ハギさん。どこに行ってたんだ？　急に姿が見えなくなっちまって……」

「ああ、人に会ってたんだ」

「ダケ松のヤサに行ってみたが、もうそこには住んでいなかった」

「新しいヤサだが、被害にあった家の徒歩圏内だ。そのあたりに安アパートを借りて住んでいるらしい」

「どこからの情報だ？」

「俺の知り合いさ」

「徒歩圏内というのは、ずいぶん漠然とした話だな。歩こうと思えば、どんな距離だって歩ける」

「常識的な散歩の圏内だろう。ダケ松は、何度も下見に足を運んでいるはずだ」

「わかった。現場から徐々に範囲を広げて聞き込みをやってみよう」

「俺たちも手伝おう」

「助かるよ」

現場近くまでバスで移動した。所轄の捜査員たちと手分けして、聞き込みを始める。ダケ松の写真は、すでに目黒署が手配していた。萩尾が紙焼きの写真を持ち、秋穂はスマートフォンに画像を取り込んでいた。

現場の近所を一軒一軒回って写真を見せ、見覚えがないかどうかを尋ねる。

秋穂がつぶやくように言う。

「なかなか目撃情報にヒットしませんね」

萩尾は前を見たままこたえる。

「聞き込みの九割は空振りだ。いや、九割九分と言ってもいい。百人に尋ねて、一人が何かを知っていたらめっけもんさ」

「これだけ通信技術とかが発達しているんだから、もっと効率的な情報の集め方はないんですかね？」

「防犯カメラが普及して、捜査もずいぶんと楽になった。だがな、聞き込みは捜査の基本だ」

「はい」

暗くなってからもしばらく歩き回ったが、収穫はなかった。そろそろ、目黒署に引きあげようかと思っていると、携帯が振動した。

「はい、萩尾」

「目黒署の茂手木だ。ダケ松の身柄を確保した」

「そうですか」

「捜査員が見かけて、職質をかけた。逃走しようとしたので、緊急逮捕だ」

「職質で逃走……？　あいつもヤキが回ったかな……」

「取り調べを始めるが、ハギさんはどうする？」

「会いに行きます。今、そちらに戻ろうと思っていたところです」

「わかった。待ってる」

電話を切ると、萩尾は秋穂に言った。

「ダケ松、身柄確保だ。話を聞きに行こう」

「萩尾さん、なんだか、淋しそうですね」

「淋しそう？　そんなことはない」

「ダケ松が、すぐに捕まったことが残念なんじゃないですか？　もっと手こずらせてほしかった、なんて思ってるんでしょう」

「ばかな……。早く捕まるに越したことはない」

「そうですかね」

秋穂もなかなか言うようになった。コンビを組んだ当初、二人はまったくぎこちなかった。萩尾はこれまで、女性と組んだことがなかったので、どうやって付き合えばいいかわからなかった。

相手が男なら、びしびしと鍛えればいい。ヘマをやったら、怒鳴りつけ、必要ならビンタの一つも食らわせる。

だが、女だとなかなか難しい。へたをすれば、セクハラだ、パワハラだということになる。

それだけではない。捜査三課に配属になった当初、秋穂は明らかに捜査一課に憧れていた。いや、もしかしたら今でも密かに憧れているのかもしれない。

もともと刑事志望だったということだが、盗犯捜査など念頭になかったに違いない。強行犯を担当する、颯爽とした捜査一課をイメージしていたはずだ。

これは、萩尾の想像だが、おそらく秋穂は、捜査三課を拝命して落胆していたはずだ。

萩尾の下に秋穂を付けるのは、盗犯捜査第五係の猪野勝也《いのかつや》係長の嫌がらせじゃないかとすら思った。

だが、月日が経つうちに、だんだんと秋穂に対する評価が変わってきた。

秋穂は、仕事に対して前向きだった。捜査一課に行きたかった、などという不満はおくびにも出さない。

そして、彼女は楽天家だった。物事をあまり引きずらないし、いつも明るく振る舞っている。それが、萩尾にとって何よりありがたかった。

秋穂も、盗犯捜査にかなり慣れてきた。これは、萩尾が秋穂にいつも言うことだが、捜査一課が相手にするのは、たいていは素人だ。だが、捜査三課が相手にするのはプロだ。こちらも、それなりに勉強しなければならない。

盗犯の常習犯は職人だ。だから、それを捜査する捜査三課の係員も職人になる必要があるのだ。秋穂は、ようやくそれを理解できたようだ。それが、盗犯捜査係としてのスタートだ。彼女は、まだまだ一人前とは言えない。これから経験を積んでいかなければならない。

秋穂もまだまだだが、俺も修行中だ。

萩尾は思った。盗犯捜査の修行は、三課にいる限り続くのだ。

午後七時半頃に、目黒署に戻った。茂手木に、取調室に行ってくれと言われ、秋穂とともに向かった。

所轄の刑事が二人で取り調べをしていた。一人がダケ松の正面に座り、一人が記録席にいる。

萩尾が入って行くと、彼らは立ち上がり、出入り口付近まで下がった。

萩尾は二人に会釈してから、秋穂を記録席に座らせ、自分はダケ松の正面に座った。所轄の二人は、出入り口付近で立ったまま経緯を見守っている。

年を取ったな。

ダケ松を一目見て、萩尾はそう思った。たしか、五十六歳のはずだが、実際の年齢よりも老けて見えた。

小柄で、ごま塩頭だ。目尻には、何本もしわが刻まれている。日焼けしているのは、普段いろいろなところを歩き回って、盗みの下調べをしているからだろうか。

あるいは、道路工事の交通整理といった不定期の仕事をしているのかもしれない。

「ダケ松、久しぶりだな」

萩尾が言うと、ダケ松は、顔を上げて目を瞬いた。

「ハギさんか……」

目の前にいるのが萩尾であることに、今気づいた様子だった。彼は、ずっと下を向いていたのだ。

「職質を受けて、逃げ出したんだって？　なぜだ？　やましいことをしてなけりゃ、逃げる必要はないだろう」

「俺は、何度もパクられているからね。警察が怖いんだよ」

「警察が怖いだって？　笑わせるな。本当に怖いのなら、もう足を洗っているはずだ」

ダケ松は、眼をそらして再び下を向いた。

「足を洗いたくても、そうはいかないんだよ。ハギさんだって、それくらいわかってるだろう」

「更生しているやつだっている」

「それは、ごく一部の幸運なやつらだよ。俺たちだって生きていかなくちゃならない。でもね、いい年をした前科者に仕事なんてあるわけがないんだ」

「それで、また空き巣狙いをやったというんだな？」

ダケ松は否定しなかった。

「ああ、俺がやったんだよ。認めるからムショに入れてくれ」

「刑務所はホテルじゃないんだ」

「寝床があって、三食付きだ。俺たちにとっては極楽だよ」

だから、常習犯は何度も刑務所に戻ってきてしまう。

収監されている間は、食事に困ることもないし、凍えることもない。病気になれば、医者にかかることもできる。

だが、娑婆《しゃば》にいると、誰も面倒を見てくれないのだ。ダケ松が言ったとおり、彼らが仕事を見つけるのは、ほとんど不可能に近いだろう。

だからといって、いつまでも盗みだけで食べていくのもなかなか楽ではない。彼らにとって、最後の手段は刑務所に戻ることなのだ。

福祉が充実し、労働環境が改善されない限り、年老いた常習犯たちで刑務所はいつも満員だ。

萩尾は言った。

「そうは言っても、もう潮時じゃないのか？　あんたもそれは自覚しているんだろう？」

ダケ松は顔を上げた。

「そりゃあね。年を取れば、腕も落ちる。新しい鍵が次々と開発される。年々きつくなっているのは確かだよ。でもね、じゃあどうすりゃいいってんだい？　娑婆じゃ生きていけねえんだよ」

「また、刑務所に入りたいというのなら、どうして職質を受けたときに逃げようとしたんだ？」

「そりゃ……」

ダケ松が口ごもった。「さっきも言ったとおり、警察が怖かったんだよ」

「ダケ松」

萩尾は、身を乗り出して相手の顔を覗き込んだ。「あんた、誰かをかばっているのか?」

「何言ってるんだ。俺がやったって言ってるんだ。手口を見て、俺の仕事だってことはわかっただろう?」

「ああ。間違いなくあんたの仕事だと、俺は思った」

「そうだろう。そして、俺は罪を認めているんだ。何の問題があるんだ?」

萩尾は、しばらくダケ松を見据えていた。そして体を起こし、言った。

「そうだな。おまえが起訴されて有罪になり、刑務所に服役すれば、すべては丸く収まるように見える」

ダケ松が目を丸くした。

「そう見えるだけじゃないよ、ハギさん。それで解決なんだよ。警察は手柄を上げる。俺は三食と寝床にありつける」

萩尾は、溜め息をついて立ち上がった。

「俺は、もう少し調べてみたくなった」

ダケ松が不安そうな顔になった。

「何を調べるんだ?　俺が自白しているというのに……」

「その自白が本当かどうか調べなきゃならないんだ。それも警察の仕事だ」

ダケ松が、何か言いたそうにしていた。だが、結局何も言わなかった。

萩尾は取調室を出た。そのまま、茂手木係長の席に向かった。秋穂が何も言わずについてくる。

茂手木係長が、萩尾を見て言った。

「どうだった?」

萩尾は茂手木係長の脇に立ってこたえた。

「ダケ松のやつ、誰かをかばってるかもしれない」

「かばってる……?　あいつの犯行じゃないってことか?」

「手口は間違いなくダケ松のものだ。でも、どうもやつの態度が気になる」

「態度……?」

茂手木係長が眉をひそめる。

萩尾は、秋穂に尋ねた。

「おまえさん、どう思った?」

「萩尾さんもこだわってましたけど、職質を受けて逃げ出したというのが、どうもひっかかりますね」

萩尾はうなずいた。

「逃走したのは、自分が逃げるためじゃなくて、誰かを逃がすためだったら……」

茂手木係長が尋ねる。

「それは、どういうことだ?」

「職質を受けたとき、近くに誰かがいた。その誰かを逃がすために、ダケ松は刑事たちを引き付けたわけだ」

「その誰かというのは……？」

「わからない。ただ、手口がダケ松のものだったということを考えると……」

「弟子か？」

「そう。盗人は二つのタイプに分かれる。完全な一匹狼と、集団で仕事をするやつだ。後者には、自分の技術を誰かに継がせようというやつも含まれる」

茂手木係長が渋い顔で言った。

「じゃあ、洗い直しってことになるな……」

「ダケ松に吐かせる手もある」

茂手木係長が溜め息をついた。

「まあ、やってみるよ」

萩尾はうなずいた。

「俺たち、今日は引きあげるが、こっちでもダケ松の弟子については調べてみる」

「頼りにしてるよ」


萩尾は、目黒署をあとにして、中目黒駅に向かった。並んで歩いている秋穂が言った。

「ダケ松の犯行じゃないんですかね？」

萩尾は、足元を見たままこたえた。

「わからん。ただ……」

「ただ……?」

「ダケ松のような、特殊な手口のやつらは、なぜか弟子を育てたがる」

「へえ……」

「さっき、盗人には二つのタイプがあると言っただろう」

「ええ。一匹狼と集団で仕事をするのと……」

「若い頃は、誰でも一匹狼なんだ。そして、自分の実力に限界を感じた頃に、助っ人の手を借りるようになる。そして、だんだんと分業化していくんだ。さらに、年を取ると、自分の技術を誰かに伝えたくなる。一匹狼の頃には、そんなことは考えもしないのにな……」

「ダケ松も、そういう年になったということですか?」

萩尾はうなずいた。

「ああ。ダケ松は、明らかにもう潮時だと思っている」

「潮時? 足を洗う時期だということですか?」

「足を洗うかどうかは別として、もう一人では仕事ができないと感じているのは確かだ」

「体力もなさそうに見えましたね」

「栄養状態が悪いんだろう。刑務所に入らなければ、本当に生きていけないかもしれない」

しばらく無言で歩き続けた。

秋穂が、ぽつりと言った。

「萩尾さんが、淋しそうだった理由が、なんだかわかった気がします」

「淋しくなんかないって言ってるだろう」

「うまく説明できませんけど、やっぱり、ダケ松たちには、いつまでも元気でいてほしいんじゃないですか」

どうだろうな……。

萩尾は、そう思いながら、何もこたえずに歩きつづけた。


翌日の朝、萩尾と秋穂は、猪野係長に呼ばれた。

「これ、見てくれ」

萩尾はカラー刷りのチラシを手渡された。デパートの催し物のようだ。『中国陶磁器の歴史展』というタイトルだ。

「何です、これは」

萩尾が尋ねると、猪野係長はこたえた。

「渋谷のデパートで開かれる催し物だ」

「そりゃ、見ればわかりますよ。デパートの名前も書いてありますからね。訊きたいのは、どうして俺たちを呼びつけて、このチラシを手渡したか、です」

「おそろしく高価な焼き物が展示されるんだそうだ。元の時代の景徳鎮《けいとくちん》とか……」

萩尾は、チラシをおざなりに眺めた。唐三彩《とうさんすい》、宋代の青磁・白磁、そして、元の景徳鎮……。

もし、それらが本物だとしたら、億単位の焼き物が展示されるということになる。

萩尾はうなずいて言った。

「なるほど、渋谷署が警備態勢に神経を尖らせているということですね？」

「警備課や地域課はもちろんのこと、刑事課の盗犯係も総出で警備に当たるということだ。顔を出してやってくれないか」

係長に行けと言われたら、嫌とは言えない。

「わかりました。ただ、現在目黒署の事案を手がけてまして、それとのかけ持ちということになりますが……」

「目黒署の事案？　例の空き巣か？」

「そうです。手口は、どう見てもダケ松のものでした」

「ダケ松の身柄はすでに確保されていると聞いているぞ」

「なんだか、裏がありそうでしてね……」

「裏がある？　どんな……？」

「ダケ松は、誰かをかばっているのかもしれません」

「何か確証はあるのか？」

「いや、そいつはまだ……」

「だが、臭うんだな？」

「はい」

猪野係長は、しばらく考えてから言った。

「いいだろう。だが、渋谷署のほうにもちゃんと顔を出してくれ」

「了解です」

萩尾は席に戻った。

椅子に座り、しばらくチラシを見つめる。それから、それを秋穂に手渡した。彼女は、しげしげとチラシを見つめている。

その姿を横目で見て、萩尾は言った。

「デパートが、しっかりした警備計画を立てているだろう。俺たち警察がやることはないはずだ」

「でも、万が一、盗難などがあったら、大事ですよね」

「こうした、高価なものが展示されるイベントのたびに、何かが起きなけりゃいいが、と思うよ」

「盗難もさることながら、焼き物なんかは、壊したらたいへんですよね」

「そのへんも、警備保障会社が責任を持って対処するだろう」

萩尾は、目黒署の事案が気になっていた。

ダケ松が望むとおり、彼の罪ということにしてやってもいいかな……。

一瞬、そんなことを思った。だが、萩尾は、その考えを慌てて打ち消した。

窃盗犯が野放しになっていていいはずがない。もし、ダケ松の単独犯でないとしたら、共犯を捕まえなければならない。

「目黒署に行ってみよう」

萩尾は、秋穂にそう言うと、立ち上がっていた。

3

萩尾は、秋穂とともに、午前九時半頃に本部庁舎を出て、目黒署に向かった。

今日は十月四日だ。つい先日まで、残暑がきついと思っていた。気がつけば、上着がないと肌寒い季節になっている。

これから、急速に秋が深まっていくはずだ。春はゆっくりやってくるが、秋は駆け足でやってくる。

萩尾は、毎年そう思う。子供の頃は、季節のことをけっこう気にしていた。だが、大学に入る頃から、四季の移ろいのことなど考えないようになった気がする。

警察官になってからも、ずっと頓着しなかった。最近になり、また季節を感じるようになった。年を取ったということだろうか。

秋穂は、仕事においても私生活においても、これから最も多忙な時期を迎えるはずだ。しみじみと自然の営みを感じている暇などないに違いない。

秋になると、陰影がくっきりするように感じる。それが、なぜなのか今でもわからない。

おそらく、湿度とかの影響だろう。あるいは、日の高さに関係があるのかもしれない。

日の光がさらりとした感じになり、爽やかな天気だった。萩尾は、どこかに散歩に行きたい気分になったが、そうもいかない。十時十分には、目黒署を訪ねていた。

茂手木係長が、二人に言った。

「ごくろうさん。ダケ松は、相変わらず自分がやったと言っているよ」

萩尾は尋ねた。

「それで、どうする？」

茂手木係長が、溜め息をついた。

「手口は、ダケ松のものだ。そして、自白している。送検すれば、そのまま起訴されるだろう」

「そしてまた、しばらく刑務所暮らしだ……」

茂手木係長は顔をしかめた。

「それが本人の望みなんだろう」

「自供の内容と、現場の状況は一致しているのかい？」

「いちおう、一致している」

「靴跡や指紋といった証拠は？」

「指紋も足跡も残っていない。……というか、それがダケ松の犯行の特徴だからな……」

萩尾はうなずいた。

「皮肉なことに、証拠がないことが、ダケ松の犯行を裏付けることにもなる」

「そうだな」

「だが、俺はダケ松の仕業じゃないと思っている」

萩尾が言うと、茂手木係長はうなずいた。

「俺もそう思っているよ。あいつは、何か隠している。だが、それを吐こうとしない」

「身柄確保は、昨日の夜だったな」

「そう。十九時頃のことだ」

「逮捕は？」

「その約二時間後、二十一時に逮捕状を執行した」

「俺がダケ松から話を聞いた後だな？」

「そうだ。ハギさんたちが署を出た後に、逮捕状が届いた」

「……ということは、明日の午後九時までには送検しなければならないということだね」

「そういうことになるな」

「ダケ松がシロだと、やっかいだな」

「誤認逮捕ということになる。ムショ送りになったら、冤罪だ。そうなれば、大事《おおごと》だが……」

「大事だが、何だ？」

「俺は、それでもいいような気がしてきている」

萩尾は、茂手木係長の気持ちが理解できた。萩尾も一瞬、同じことを考えたのだ。

ダケ松本人が、刑務所に行くことを望んでいる。誰かの犠牲となって罪をかぶる、というのではない。彼は、本当に刑務所に入ることを望んでいるようだ。

刑務所にいる限り、食事の心配も寝る場所の心配もいらない。

「実はね、俺も同じようなことを考えたんだ。だが、やっぱりそれは間違っていると思った。俺たちの仕事は、あくまでも本当の盗人を捕まえることだ」

「そりゃそうだが……。ダケ松は、自分がやったと言いつづけるだけだ」

「明日の午後九時までは、まだ時間がある。それまでに、真相がわかれば……」

「本当のことを吐くかね……？」

「証拠や目撃情報を集めて、ダケ松の自供との矛盾点を見つけるんだ」

「もちろん、しっかり裏は取るよ」

「もう一度話をしてみたいんだが、いいかな？」

「ああ、やってみてくれ」


ダケ松は、昨日よりも顔色がよくなったように見えた。しっかり食事を取り、たっぷりと眠れたからだろう。

「おや、ハギさん。今日も会いに来てくれたのかい」

「ダケ松、おまえ、今日はずいぶんと調子がいいじゃないか」

「こうして捕まっちまえば、かえって気が楽になるってもんだよ。これから、しばらく、飯の心配もしなくて済むしな」

「ところが、そう簡単に、ムショには入れられないんだ」

「ハギさん……。俺がやったって言ってるんだ。何の問題があるんだ」

「たしかに、手口はおまえのものだった」

「そうだよ。俺がやったんだからな」

「でも、俺はそうは思っていない」

「だからさ……」

ダケ松は、聞き分けのない子供に言い聞かせるように言った。「ハギさんがどう思おうと、事実は一つだ。俺がやったんだよ」

「じゃあ、その金はどうした？」

「どうしたって……」

ダケ松は、ぎこちない笑顔を見せた。「使っちまったよ」

「いくら盗んだんだ？」

「さあな。はっきり覚えてないな……」

「そいつはおかしいな」

「何がだ？　おかしいことなんて、何もないだろう」

「仕事の上がりがどれくらいか確認しない盗人がいるか？」

「もちろん、確認はしたよ。だが、忘れちまった」

ダケ松が金額を言わないのには、理由があるはずだ。

つまり、彼は金を奪っていないのだ。だから、被害額を知らない。

一方、警察は、すでに被害者から盗まれた金の額を聞いている。そこに矛盾が生じれば、ダケ松の犯行ということが疑わしくなってくる。

妙な話だ、と萩尾は思った。

普通は、罪を認めさせるために取り調べをする。だが今は、やってないことを認めさせるために取り調べをしているのだ。

「なあ、ダケ松……」

萩尾は、口調を変えた。「おまえは、常習犯だから、起訴されたら実刑は確実だ。三年、へたすりゃもっとムショに入ることになる。出てきたときは、いくつだ？　ぼちぼち還暦って年になる。そのへん、考えてるのか？」

「考えてるよ。だけどね、考えてもどうにもなんねえのさ」

「仕事がないって言ってたが、真剣に探せばなんとかなるはずだ」

ダケ松は、淋しそうな笑顔をみせた。

「ハギさんは公務員だからなあ。俺たちの苦労はわからないよ」

これまで、ダケ松のような常習犯は、いやというほど見てきた。たしかに、それでわかったような気になっていたかもしれない。

実際にその立場になってみないと、本当の気持ちなどわかりはしないのだ。

「そりゃあそうだ」

萩尾は言った。「俺は、盗人じゃなくて、警察官だからな。同じ気持ちになれと言われても無理だ。だがな、盗む側とそれを捕まえる側だが、同じ盗人の世界にいるんだ。まったく気持ちがわからないわけじゃない」

「そういうことじゃねえんだよ」

ダケ松が、眼をそらして斜め下を向いた。

「いい年して、だだをこねてんのか」

「ハギさんが言ったとおり、今度ムショから出るときは、六十歳近くなっているだろう。会社勤めや公務員なら定年退職って年だ。貯金があって、退職金ももらえて、なんてやつらは、悠々自適の生活とやらを楽しむんだろうな。だが、俺たちはそんなのを望むべくもない。人生をやり直せる年じゃない。もう、どうしようもないのさ」

「誰か頼れる人はいないのか?」

「俺は天涯孤独だよ。親戚とも、もうとっくに縁が切れてるしな……」

ダケ松に配偶者がいたという話は聞いたことがない。つまり、子供もいないのだろう。

「公的な支援を受ける方法もある」

「俺は、前科者だぜ」

「それは関係ない。生活保護などは、前科などの過去を理由に拒否してはいけない決まりになっているんだ」

ダケ松は、かぶりを振った。

「そういう話は聞きたくない」

「聞きたくなくても聞かなきゃだめだ。おまえだってわかってるんだろう。ムショに入るたびに仕事の勘が鈍るはずだ。若い頃には、すぐに勘を取り戻せた。だが、年を取るとだんだんとそれも難しくなってくる。今度出てきたときには、もう若い頃のような仕事はできなくなっているんだぞ」

「ふん。俺のことを心配してくれてるのか」

「ああ、心配だね。野垂れ死になんかされた日にゃ、寝覚めが悪い」

「だからさ、黙ってムショに入れてくれればいいんだよ。そうすりゃ、最低でも三年は俺のことを心配しなくて済む」

「罪を犯していないやつを、ムショにぶちこむわけにはいかない」

「俺がやったって言ってるだろう」

「いったい、誰をかばってるんだ?」

「何の話だ?」

「あんたが、ムショに行きたがっているのは、誰かをかばっているからなんだろう?」

ダケ松は、にやりと笑った。

「はったりだろう。ハギさんは、昔からはったりが得意だった」

「はったりなんかじゃない。俺はそう信じている。おまえは、誰かをかばおうとした。刑事を引き付けるために、職質を受けたときに逃走したんだ」

「話を勝手に作っちゃいけねえな」

「じゃあ、どうして逃げたんだ?」

「言っただろう。俺は警察が怖いんだって……」

「そいつはおかしいな」

「何がおかしいんだ？」

「警察を怖いっていうのは、つまりは、捕まるのが怖いってことだろう？　だが、おまえは刑務所に入りたがっている。そんなやつが、警察を怖がるはずがない」

ダケ松は、苦い顔で言った。

「反射的に逃げちまったんだよ。体に染みついた習慣だな。若い頃から、警察を見たら逃げるのが当然のことになっているんだ」

「そいつは、あまり説得力がないな。検事や判事を納得させることはできないだろうな」

「説得力があろうがなかろうが、本当のことだよ」

「おまえ、弟子ができたんじゃないのか？」

ダケ松は再び、ふんと鼻で笑った。

「知ってるだろう。俺は一匹狼だ」

「知っている。だが、そんなおまえでも、弟子入りしたことがあるだろう」

「弟子入り……？」

「鍵福だ。おまえは、鍵福にしばらく弟子入りして、錠前破りを教わったはずだ」

「ずいぶん、昔の話だなあ」

「そうやって、修行中の時期には、いろいろな専門家の扉を叩いて教えを乞《こ》うものなんだろう？」

「そういうやつもいる」

「おまえは、鍵福に教え込まれたんだな？」

「そいつは否定しねえよ。嘘をついたって、どうせすぐにばれるんだろう？」

「同じように、おまえは、自分の技術を誰かに伝えようとしているんじゃないのか？」

「冗談じゃない。俺の技術は伝えられないよ。才能の問題なんだ」

「たしかに、おまえの手口は、他人にはなかなか真似ができないかもしれない」

「そうだよ」

「才能の問題だと言ったな」

「ああ」

「おまえは、その才能を持った誰かに出会ったのかもしれない」

「ハギさん。そうやってカマかけるのはやめてくれ。確証なんて何もないんだろう」

「そう。確証はない。でもな、おまえが本当のことを話してくれるんじゃないかと思ってな……」

「本当のことを話しているよ。俺がやったんだ。そして、職質では、つい昔からの癖で逃げ出してしまった」

「だが、おまえは、いくら盗まれたかを知らない」

「知らないんじゃない。忘れたんだよ」

「弟子はどんなやつなんだ？　俺はそいつの話が聞きたいな」

ダケ松は、言葉を呑んだ。だが、それはほんの一瞬のことだった。

「弟子なんていねえよ。そんなやつは存在しない。あんたが勝手に頭の中で作り上げただけだ」

「どうかな……。調べてみればわかることだ」

「警察は、暇なんだな。そんなことを調べて何になる。俺が犯人だということはわかりきっているんだ。無駄なことに手間暇や金をかけてないで、もっと他にやることがあるんじゃないのか？」

「もっと他にやることがある、だって……？」

「そうだよ。八つ屋長治《やちようじ》のこととか……」

「八つ屋長治だって？　長治がどうしたんだ」

「あれ……。ハギさんのことだから、てっきり知っていると思っていたけどな……」

「何のことだ」

「近々、八つ屋長治のところで、でっかい取り引きがありそうだって噂《うわさ》だ」

「でっかい取り引き……？　どんな取り引きだ？」

「そこまでは知らないよ」

「おまえは、ほとんど現金狙いだからな」

「そうだよ。宝石や芸術品なんかを盗んだら、さばくのに一苦労だ。八つ屋長治のようなやつらと取り引きしなけりゃならねえ。やつら、みんな金の亡者だし腹黒いから信用ならねえ」

「そのでっかい取り引きとやらは、いつ頃あるんだ？」

「詳しいことは知らねえ。あくまでも噂だ。だから言ってるんだよ。いもしねえ俺の弟子のことを調べ回るよりも、八つ屋長治のことを調べたほうがいいんじゃないのか」

萩尾は、考え込んだ。それから、立ち上がり、ダケ松に言った。

「また、話を聞きに来るからな」

萩尾は取調室を出た。


萩尾に続いて、取調室を出て来た秋穂が、廊下で言った。

「萩尾さん、八つ屋長治って、故買屋ですよね」

「そうだ。表向きはまっとうな質屋でな……」

「質屋のことを、符丁で『七つ屋』って呼ぶんだそうですね。長治は、その上をいっているから『八つ屋』だって自称した……」

「そう。質屋のことを『七つ屋』って呼ぶのは江戸時代からのことだそうだ」

「八つ屋長治の本名は、たしか板垣《いたがき》長治でしたね」

「そうだ。今年で四十七歳になる。まだその世界では若いがなかなかの目利きだ。美術品の贋作《がんさく》を見破ることに関しては、現在右に出る者はいないとまで言われている」

「故買屋の八つ屋長治のところで、大きな取り引きがあるということは、大きな窃盗事件が起きるということですかね」

「俺が気になるのは、どうしてダケ松が、急に八つ屋長治のことをしゃべりはじめたか、なんだ」

　そう言うと、秋穂もふと考え込んだ。

「そうですね……。話をそらしたかったんじゃないでしょうか」

「そうかもしれん」

「ダケ松は、弟子について触れられたくないようでしたね。弟子の話が聞きたいと、萩尾さんが言ったとき、ダケ松は一瞬沈黙しました」

「俺は逆じゃないかと思う」

「逆……？」

「ああ。ダケ松は、弟子について触れられたくないんじゃない。むしろ、話したくて仕方がないんだ。あの一瞬の沈黙は、迷いだったと、俺は思う。話したい、だが話しちゃいけない、という葛藤だ」

「ならば、本当のことを言う可能性はありますね」

「常習犯のあいつは、逮捕後四十八時間以内に送検しなければならないことを知っている。送検されれば、すでに自白があるので、ほぼ間違いなく起訴されて有罪になると読んでいるんだ」

「実際、そうなるでしょうね」

「だから、それまでしゃべるのを我慢すれば、弟子を守れると思っている」

「本当に、弟子は実在するんでしょうか？」

「実在する、と俺は思っている。たしかに、ダケ松が言ったとおり、今のところ、俺が勝手に頭の中で作り上げただけだ。だが、実在すると考えると、ダケ松の不可解な行動がすべて説明がつく」

「職質されて逃げ出したり、捕まったらあっさりと自白したり……。たしかに、行動に一貫性がありませんよね」

「茂手木係長に、そのことを伝えておこう」

萩尾は歩き出した。

4

萩尾と秋穂は、刑事課盗犯係に戻った。萩尾は茂手木係長に言った。

「相変わらず自分がやったと言ってるが、俺はやっぱり誰かをかばっていると思う」

「誰かって、誰だろうな」

「弟子じゃないかと思う」

「ダケ松に弟子がいるのか？　あいつは一匹狼だろう」

「一匹狼でも、一時期弟子入りしたり、弟子を取ったりすることがある。ダケ松も、鍵福に弟子入りしていたことがあるんだ」

「へえ、そいつは初耳だな……」

「ダケ松は、弟子を守るために、自分が罪をかぶろうとしているんじゃないかと、俺は思っている」

　茂手木係長は苦い顔をした。

「でも、証拠は何もないんだろう？　弟子が本当にいるのかどうかもわからない」

「だから、それを調べるんだよ。俺もいろいろと当たってみる」

「わかった。だが、こっちも暇じゃないんだ。ある程度見切りがついたら、ダケ松は送検するぞ」

「俺としては、ぎりぎりまで待ってほしいんだが……」

茂手木係長は間を取ってから言った。

「考えておく」


目黒署を出ると、秋穂が萩尾に尋ねた。

「これからどうします?」

「渋谷署に顔を出してみよう」

「例の展示会の件ですね」

「ああ、そうだ」

萩尾と秋穂は、中目黒駅まで歩き、東急東横線に乗った。渋谷まで二駅だ。

ホームに着くと、萩尾は思わず顔をしかめてしまった。

「東横線のホームが地下になってずいぶん経つが、いまだに戸惑うな……」

「不便になったという声は多いですね。でも、渋谷駅付近では高架が消えて景観がよくなったという声もあるみたいですよ」

「何かがよくなると、何かが悪くなる。変化というのは、そういうもんだろうな。よかろうが、悪かろうが世の中は変わっていく」

「オリンピックがくれば、もっと変わるでしょうね」

萩尾は、前の東京オリンピックのことを知らない。もちろん秋穂が知るはずもない。オリンピックを機に東京がどれだけ変わったのかも実感はない。

物の本で読んだり、テレビで見たりして、知識があるだけだ。

それまで首都高速道路がなかったというのは、なんだか想像ができない。そして、東京は路面電車がたくさん走っていたのだそうだ。

たしかに、秋穂が言うとおり、今度の東京オリンピックを機に、東京は大きく変わるのだろう。萩尾はそれを、とてもではないが歓迎する気にはなれなかった。世の中の変化についていくのに疲れる。

萩尾が子供の頃には、携帯電話などなかったし、インターネットも発達していなかった。パソコンは、まだまだ特別な機械だった。

あっという間にパソコンが普及し、インターネットが一般的になり、誰もが携帯電話を持つようになった。

そして、今ではスマホが普及し、何か知りたいと思ったら、すぐに検索をする。スマホを持っていれば、何かを暗記する必要などないとさえ言える。

だが、記憶力を鍛えるのは必要だ。咄嗟《とっさ》に車のナンバーを覚えたり、電話番号を暗記する能力が、刑事には重要だ。

人相を覚えることも大切だ。

これは、刑事に限ったことではないだろう。企業の営業職の人も、できるだけ多くの人の顔と名前を覚えている必要があるし、できれば取り引き先の電話番号を暗記していたほうがいい。

また、かつて一流のホステスは、馴染みの客の電話番号をすべて暗記していたという。

便利になればなるほど、個人個人の能力が衰えていく。萩尾はそんな気がしていた。若者たちの将来に危機感すら覚えるのだった。

渋谷署・盗犯係の係長は、林崎省吾《はやしざきしょうご》という名の警部補で、萩尾と同じ年齢だった。

彼は、萩尾の顔を見ると言った。

「よう、ハギさん。久しぶりじゃねえか。元気かい?」

林崎係長は、威勢のいいべらんめえ調でしゃべる。まるで江戸っ子のようだが、実は仙台の出身だ。

お国訛《なま》りが恥ずかしく、学生時代にべらんめえ調で話すようになって以来、その習慣が染みついてしまったのだそうだ。

「デパートの陶磁器展の件で、寄ってみた」

林崎係長は、顔をしかめた。

「大きな声じゃ言えねえが、まったく余計なことをしてくれるもんだぜ。こちとら、いい迷惑だ」

「デパートだって必死なんだろうぜ。景気がよくなったなんて政府は言ってるが、いっこうに庶民の懐は温かくならない。だから、消費が伸びない。大型の量販店ができて、買い物客をそっちに取られる。デパートは、催事で客を引っぱるしかないんだ」

「そいつがわからねえわけじゃねえんだがよ……」

「中国の高価な陶磁器が陳列されるんだって?」

「ああ。焼き物ってのはやっかいだぜ。壊れ物だからな。ちょっとした不注意で、何千万がパーってこともあり得る」

「だが、重くてかさばるので盗みにくいという、俺たちにとっての利点もある」

「ふん。盗人は、重かろうがかさばろうが、価値があれば、盗もうとするよ」

「警備態勢は?」

「民間企業主催の催事だからな。基本は、民間の警備会社がやる。だが、警察も防犯の見地から、黙って見ているわけにはいかねえさ。うちの警備課と地域課、刑事課盗犯係がサポートする」

「サポートってのは、ずいぶんと曖昧《あいまい》な言い方だな」

「曖昧なんだよ。無事に催事が終われば、警備保障会社の手柄、何か起きれば、警察の責任。まあ、簡単に言えばそういうことだ」

「警察が防犯の責任を負うのは仕方がないことだろう」

「早く催しが終わってほしいよ。なんか妙な噂があるみてえだしな……」

萩尾は眉をひそめた。

「その噂ってのは、ひょっとして、八つ屋長治のことじゃないか」

林崎係長は、笑みを浮かべた。

「ほう、さすがにハギさんだ。耳が早えな」

萩尾は秋穂の顔を見た。秋穂も視線を向けてきた。

萩尾は林崎係長に眼を戻して言った。

「つい、今しがた聞いたところだ。噂があるっていうのは、ガセじゃなかったんだな……」

林崎係長が肩をすくめた。

「ガセかどうかは、まだわからねえよ」

「八つ屋長治絡みで、近々大きな取り引きがあると聞いたが……」

「そういう噂だ。八つ屋長治は、美術品全般について詳しいが、特に焼き物の目利きで有名だ」

「なるほど……。その八つ屋長治のところで大きな取り引きがあるかもしれないとなると、当然、この展示会が気になるな……」

「そういうことだ。唐三彩や景徳鎮となりゃあ、数千万円の品もある」

「誰かが『中国陶磁器の歴史展』から、高級な焼き物を盗み、それを八つ屋長治のところに持ち込むってことかな……」

「その可能性が最も高いと思う。だから、俺たちは、通常よりも警戒を強めているわけだ」

「なるほど、それで本部まで展示会のことが上がってきていたんだな」

「噂を知っていながら、展示品を盗まれた、なんてことになったら、警察の面子《メンツ》は丸つぶれだ」

「しかし、民間の警備保障会社だってそれなりの態勢を敷いているはずだ。そうそう盗めるもんじゃない」

「けどよ、油断は禁物だぜ」

萩尾は、何かがひっかかった。

「展示品を盗んで、八つ屋長治のところに持ち込む……。そんな単純なことなんだろうか……」

「単純な計画ほど成功するもんだ」

「それはそうだが……」

「何か気になることがあるのかい？」

「俺たちは今しがた、目黒署でダケ松に話を聞いていたんだが……」

「ああ、ダケ松がお縄になったんだってな。聞いてるぜ。あいつも年貢の納め時だな」

「八つ屋長治の件は、ダケ松から聞いたんだ」

林崎係長は、眉をひそめた。

「ダケ松から……？　何だそりゃ。取り引きでもしようって腹か？」

「ある意味、取り引きを申し入れてきたのかもしれない。ダケ松のやつは、ある仕事について、自分がやったと言い張っている。たしかに、あいつの手口だった。だが、俺は、あいつが誰かをかばっているんじゃないかって気がしてるんだ」

「かばっている？　誰を？」

「弟子がいるんじゃないかと思っている」

「弟子だって？　ダケ松にか？　そいつぁ、どうかな。あいつは、必ず一人で仕事をする」

「それは知っている。だが、ダケ松も年だ。年老いて身寄りもない盗人が何を考えるか、あんたも知っているだろう」

林崎係長は、考え込んだ。

「自分の技術を継いでくれるやつを見つけようとする」

「そうだ」

「なんか、証拠はあるのかい？」

萩尾はかぶりを振った。

「いや、今のところない」

「じゃあ、どうして弟子がいるだなんて思ったんだ」

萩尾は、ダケ松が職質を受けて逃走した経緯を話した。

林崎係長は苦笑した。

「なんだ、それだけか？　それで、どうして弟子がいるって話になるんだ？」

「理屈じゃない。話を聞いてみればわかる」

林崎係長が、秋穂を見た。

「おめえさんも、いっしょに話を聞いたのかい」

秋穂がこたえる。

「はい。いっしょでした」

「そんで、おまえさんは、どう思った？」

萩尾は言った。

「おい、武田に質問するということは、俺の言うことが信じられないってことだな」

「そうじゃねえよ。こういう場合、女の勘ってのはばかにできねえんだよ。なあ、どうなんだい？」

尋ねられて、秋穂がこたえた。

「私は、萩尾さんと同じように感じました」

「つまり、弟子をかばっていると……」

秋穂は、かぶりを振った。

「そこまではわかりません。ただダケ松が、誰かをかばっているのではないかとは思いました」

林崎係長が萩尾に言った。

「それで、ダケ松が弟子をかばっているかもしれねえって話と、『中国陶磁器の歴史展』が、どうつながるってんだ？」

「それはまだ、わからない。でもな、俺が弟子の話をしたとき、ダケ松が唐突に八つ屋長治の話を始めたんだ」

「唐突に……」

林崎係長が確認を取るように言った。

「俺は、そう感じた」

林崎が秋穂に尋ねた。

「おまえさんは、どうだい」

萩尾は溜め息をついた。

「おい、いちいち武田に確認することはないだろう」

「一人の眼より二人の眼だ。武田が同意見なら、単なるハギさんの思い込みじゃないということになる」

　秋穂が言った。

「私も、八つ屋長治の話題は、唐突だと感じました」

「ふうん……」

　林崎係長が、考え込んだ。「ダケ松は、話題を変えたかったというわけか」

　萩尾は言った。

「ただ、話題を変えるためだけに、八つ屋長治の話なんて持ち出すだろうか」

「そいつは、何とも言えねえな。たまたまそのときに、思い出したのかもしれねえ」

「そうかもしれない。だが、ダケ松は、何かを伝えようとしたんじゃないかと、俺は考えた」

「何かを……？」

「もしかしたら、あいつは弟子のことを話したかったのかもしれない。そんな気がするんだ」

「弟子のことをチクろうとしたってことかい？」

「そうじゃない。俺が警察官じゃなくて、仲間だったら、弟子の自慢の一つもしたかったんじゃないかと思ったんだ」

「弟子の自慢ね……。それと、八つ屋長治と何の関係があるんだ？」

　萩尾は、再び溜め息をついてかぶりを振った。

「そいつはわからん。これから調べなきゃな……」

　林崎係長は、肩をすくめた。

「まあ、そいつは本部に任せるよ。俺たちは、まず『中国陶磁器の歴史展』を無事に乗りきることを考えなきゃならない」

「俺たちにできることは、何かあるか？」

「警備態勢について、いちおう見ておいてもらえると助かるな」

「段取りは？」

「明日、警報器付きの陳列ケースを搬入する予定になっている」

「展示物は陳列ケースに入れるのか？」

「ケースに入れるものと、そのまま展示する物に分けるんだそうだ。焼き物といっても、それこそ、何千万もするものから、数万円のものまで、ピンキリらしいからな」

「わかった。デパートに行けばいいのか？」

「ああ。担当者に連絡しておく」


萩尾と秋穂は、渋谷署を出て、徒歩でデパートに向かった。京王井の頭線の西口あたりの裏道を突っ切るように進み、さらに道玄坂を渡って井の頭通りに出た。

林崎から聞いた、催事の担当者の名前は、上条《かみじょう》篤《あつ》志《し》。肩書きは事業課長だった。

「デパートとかは、苦手だな」

一階フロアを眺めながら、萩尾は言った。「どこで何をしていいのかわからなくなる」

秋穂が言った。

「じゃあ、私に任せてください」

彼女は、迷うことなく、インフォメーションデスクに向かった。そこからすぐに戻って来て言った。

「向こうにあるエレベーターで、九階の事務所まで行ってくれということです」

秋穂が言うとおりに、エレベーターに乗る。九階でドアが開くと、男が二人を出迎えた。

「警察の方ですね?」

萩尾がうなずく。

「そうです」

「担当の上条と申します」

「お名前は、渋谷署の林崎からうかがっています」

「あの……」

「は?」

「身分証を拝見したいのですが……」

萩尾は手帳を出して開き、バッジと身分証を提示した。秋穂も同様に身分証を出した。

上条が言った。

「失礼かとは存じましたが、これも警備上の配慮でして……」

萩尾は言った。

「いえ、当然のご配慮です。ここで我々の身分を確認されなかったら、逆に心配になったところです」

「こちらへどうぞ」

萩尾と秋穂は、高級そうなソファのある応接室に通された。パイプ椅子か何かしかない場所に案内されると思っていたので、萩尾はちょっと驚いた。

さすがは名の通ったデパートだ。

二人がソファに座ってしばらくすると、上条が一人の大柄な男を連れてきた。

「こちら、警備を担当していただく、トーケイ株式会社の久賀《くが》さんです」

久賀と紹介された男は、髪を短く刈っていた。きちんと背広を着ている。礼の仕方や、その他の仕草で、だいたい素性がわかった。

元警察官だろう。

名刺を受け取った。警備企画部長という肩書きだ。フルネームは、久賀良平《りょうへい》。年齢は、おそらく萩尾よりも少しだけ上だ。

久賀が言った。

「警備企画っていう部署名は、どうかと思われるでしょう」

萩尾は尋ねた。

「……といいますと……?」

「サッチョウの警備企画課は、全国の公安の元締めですからね。たいそうな名前じゃないですか」

この物言いからすると、やはり元警察官らしい、と萩尾は思った。

「警察にいらしたのですか？」

「警備畑です。社員もちゃんと鍛えています。ですから、警備態勢については安心してくださってけっこう」

「具体的に警備の方針をお教えいただけますか？」

「基本的に、展示会の開催時には、うちの社員が常駐し、警備に当たります。また、監視カメラを会場内に四基、入り口と出口にそれぞれ一基ずつ、合計六基取り付け、監視・記録します」

「展示時間以外は……？」

「基本的に、会場に出入りができないようにフロアを施錠します。さらに、レーザーセンサーによって侵入に備えます。展示物に近づくだけで、警報が鳴り、待機している警備員がすぐに駆けつける態勢になっています。また、特に高価な展示物については、警報器付きの陳列ケースに入れておきます」

「陳列ケースの警報とは、どういうものなんですか？」

「陳列ケースは、特殊なガラスでできており、セットすると、触れるだけで警報が鳴る仕組みになっています」

久賀は自信たっぷりだった。たしかに、説明を聞くと、警備態勢は万全のように思える。だが、そうだろうか、と萩尾は思った。

こうした催事の警備には、機動隊やＳＰといった警備畑よりも、盗犯担当の眼が必要だと萩尾は思っていた。

5

萩尾は、会場内を見回した。

まだ展示品はないが、そのための台はすでに用意されている。

多くの展示品は、陳列ケースには入れずに、台の上に並べられることになっているという。

萩尾は、トーケイの久賀警備企画部長に言った。

「展示物の多くを、ケースの中に入れないのは、どうしてですか?」

久賀がこたえた。

「デパート側の方針なんですよ」

「デパート側の方針……」

萩尾は、上条を見た。上条が説明した。

「もともと陶磁器というのは、生活のために作られた道具です。ですから、本当の価値は手に取ってみないとわからないのです」

「でも、来場者に触れさせるわけにはいかないでしょう」

「ですから、できるだけ近づいてご覧いただけるように、陳列の仕方を考えたのです。近寄っていただくことで、少しでも、質感や重量感などを感じ取っていただければと、私どもは考えました。もちろん、高価な物はケースの中に入れなければなりませんが……」

「出展される陶磁器の価値は、どれくらいのものですか？」

「そうですね……。ものによりますが、数万円から、数十万円といったところでしょうか……」

「なるほど……」

まあ、妥当な線だろうと、萩尾は思った。「展示時間が終了したら、展示物はどうされるのですか？」

再び、トーケイの久賀がこたえた。

「特製の陳列ケースに入れているものについては、そのままにしておきます。そのほうが安全ですからね。その他のものは、頑丈な収納ケースに入れて鍵を掛けます」

「毎日、出し入れをされるのですか？」

「そういうことになりますね。防犯上の措置です」

上条が言った。

「ごらんのとおり、防犯対策は万全です」

「そうですね……」

萩尾は生返事をして、また会場内を見回した。

秋穂が萩尾に尋ねた。

「何か、気になることでも……？」

「いや、そうじゃない。俺が盗人なら、どうするかな、と思ってな」

久賀が怪訝な顔をした。

「盗人なら……？」

「ええ。私ら三課の刑事は、そういうふうに考えるんですよ。つまり、盗む側の立場で考える。すると、いろいろなことが見えてくる……」

「ほう……」

久賀が言った。「私は、警備畑が長かったんで、盗犯担当のことはよくわかりませんが……。現役時代、盗犯担当には、職人肌の刑事が多いように思いましたね。……で、何かわかりましたか？」

「もともと陶磁器の類は、盗むのがたいへんでしてね……。値打ちものは、だいたい大きく重いし、壊れやすい。一般的に、宝石なんかのほうが、小さくて価値が高い。だから、こういう陶磁器の展示会があっても、盗人はあまり興味を示さないんですよ」

「それは、警備担当者にとっては、ありがたいお言葉ですな」

「だからといって、安心していいわけじゃないですよ。稀に、陶磁器に強い興味を示す盗人もいます。要するに趣味の問題ですね。焼き物に強く惹《ひ》かれる人ってのがいるんです」

久賀があきれたような顔になって言った。

「趣味で盗みをやるわけですか。そりゃ、たまったもんじゃないな」

「金のために盗みを働く窃盗犯は、素人が多いんです。プロの窃盗犯は、それぞれに専門分野が決まっていることが多い。効率を考えれば、盗むものの価値を見定めなければなりません。興味のあるものなら、価値もわかります。そうして、いつしか専門が分かれていくんです」

「焼き物専門の窃盗犯のリストのようなものがあるんですか？」

「ありますよ」

萩尾は、自分の頭を指さした。「この中にね」

「その連中が、展示会の期間中に、ここに現れるかもしれない、と……」

「展示されるものによりますね。連中がどうしてもほしいと思うような見事な焼き物が展示されるのなら、必ずやってくるでしょうね」

「今回の目玉は、南宋時代に焼かれた曜変天目《ようへんてんもく》だということですが……」

久賀が何気なく言った一言に、萩尾は仰天してしまった。

「待ってください。曜変天目が展示されるというんですか？」

「そう聞いていますが……」

「いや、驚いたな……」

久賀がまた怪訝な顔をする。

「たしかに、高価な焼き物だとは聞いていますが、そんなにすごいものなんですか？」

萩尾は、どう説明していいか考えていた。萩尾が考え込んでしまったので、代わりに秋穂が言った。

「現存する曜変天目は、世界に三つないし四つしかありません。そのうち三つは国宝で、一つは重要文化財です」

久賀が眉をひそめる。

「国宝……」

「そうです」

萩尾が言った。「金では買えないくらいの価値があります」

「茶碗だと聞いていますが、茶碗にそんな価値があるんですか?」

「曜変天目は、奇跡の焼き物と言ってもいい。中国で焼き物が最も発展したのは宋の時代だと言われています。その南宋時代、福建省にあった建窯《けんよう》という窯場で焼かれた天目茶碗です。真っ黒な上薬の中に、大小の斑文があり、角度によってその斑文が七色に見えるという代物です」

「へえ……」

久賀が感心したように言った。「詳しいんですね」

「いえ、盗犯担当をやっていれば、これくらいは常識です。しかし、所有者はいずれも美術館か名刹《めいさつ》です。一般公開のために貸し出すとは、とても思えないのですが……」

上条が自慢げな表情で言った。

「それが、貸し出してくれることになったのです」

「いったい、どうやって……」

「わが百貨店のオーナーが、美術館の責任者の方と古くからの知り合いで、先方からオファーがありました。すぐさまイベントの計画を立てたというわけです。もちろん、警備計画もよく話し合いました」

「それにしても、曜変天目とは……」

萩尾がつぶやくように言うと、久賀が尋ねた。

「展示物が曜変天目だと、あなたの頭の中のリストにある焼き物専門の窃盗犯たちが、盗みにやってくる可能性があるでしょうか？」

「充分にありますね。いや、私が陶磁器専門のプロだとしたら、来ずにはいられないでしょう」

「さっきの話とは一転しましたね」

「まさか、こんなすごいものが展示されるとは思っていませんでしたからね……」

上条が萩尾に言った。

「ここに来られるまで、ご存じなかったのですね。パンフレットにも記載されていたはずですが……」

正直に言うと、まともにパンフレットを見ていなかった。ダケ松のことが気になっており、こちらの事案にはそれほど関心を持っていなかった。

だが、展示物が曜変天目となると、話は別だ。茶碗なので、大きさは手頃だ。そして、計り知れない価値がある。

プロの窃盗犯にとって、これほど魅力のある獲物は滅多にないだろう。

秋穂が萩尾に言った。

「八つ屋長治が手がける大きな仕事って、このことかもしれませんね」

「ああ、充分にあり得る。しかし……」

「しかし……？」

「国宝だぞ。いくら八つ屋長治だって、さばけやしないぞ」

「国外なら買い手がつくかもしれません。チャイニーズマネーは、まだまだ潤沢ですからね」

久賀が言った。

「何の話ですか?」

萩尾は言った。

「大物の故買屋が、近々大きな仕事をするという噂がありまして……」

「それが、曜変天目のことだと……」

「その故買屋は、特に焼き物の目利きなんです」

上条が慌てた様子で言った。

「ちょっと待ってください。曜変天目が盗まれるということを前提として話をしていませんか?」

久賀が自信たっぷりの様子で言った。

「ご安心ください。警備態勢は万全だと申し上げたでしょう。どんなやつが来たって、明日用意する特製の陳列ケースに入ったものを盗むことなんてできません」

上条が、萩尾を見て尋ねた。

「どう思われますか?」

萩尾は、考え込んだ。特殊なガラスケースで、触れたとたんに警報が鳴るというのだ。たしかに、その中から展示品を盗み出すのは不可能に思える。

萩尾はこたえた。

「普通に考えれば、安心でしょう。久賀さんが言われるように、これ以上の警備態勢はあり得ないと思います」

久賀が尋ねた。

「盗む側の立場で考えてみて、いかがです?」

萩尾は、もう一度会場内を見回した。たしかに、警備は盤石《ばんじゃく》に思える。だが、プロの窃盗犯を相手に、完璧な守りはあり得ない。

萩尾は久賀に言った。

「ええ、これは手強《てごわ》いですね。展示中に曜変天目を盗むのは不可能かもしれません」

久賀が、眉間にしわを刻んだ。

「展示中に盗むのは……?」

「そうです。特製陳列ケースに入れてしまえば、たしかに盗み出すのは不可能に近いでしょう。しかし、搬入・搬出の際には隙《すき》もできます」

久賀がうなずいた。

「移動するときが一番危険だということは、充分に心得ているつもりです」

これ以上は、余計なことを言わないほうがいい。

萩尾はそう思った。

国宝の茶碗を、盗もうとする側がプロなら、それを守ろうとしている久賀もプロなのだ。基本的な警備は、久賀の会社に任せておいていいと、萩尾は判断した。

警察は、あくまでもその補助をすればいい。デパートの催事に、機動隊を派遣するわけにもいかない。

萩尾は上条に言った。

「何かあったら、いつでも相談してください。警察も警備に協力します」

上条が頭を下げた。

「何とぞ、よろしくお願いします」


萩尾と秋穂はデパートをあとにした。すでに十二時半になろうとしている。

秋穂が言った。

「お昼ご飯はどうします？」

彼女は、昼時にはちゃんと腹が減るらしい。萩尾はこたえた。

「そのへんで食べようか……」

「昼時で、どこも混んでるでしょうね」

「そば屋なんかは、回転が早いからそんなに待たされないだろう」

秋穂が笑った。

「何がおかしいんだ？」

「萩尾さん、けっきょくおそばなんだなあって思って」

「いけないか？」

「そばは、長いし伸びるんで、刑事は縁起を担いで食べないと聞きましたよ」

たしかに、そうかもしれない。捜査が長引く、とか言って避けるのだ。

だが、盛りそばは、すぐに出てくるし、手早く食べられる。栄養も豊富だと聞いている。刑事の食事にもってこいだと、萩尾は考えている。

秋穂が言うとおり、昼食にはたいてい盛りそばを注文する。そばが好きなのだ。

結局、そば屋を見つけて入った。店は混み合っていたが、萩尾が言ったとおり、客の回転が早く、それほど待たされることはなかった。

萩尾が盛りそばを、秋穂は親子丼を注文した。

「お、今日はカツ丼じゃないのか？」

「ちょっとはカロリーを気にしないと……」

「だったら、おまえさんもそばにしておけばいいものを……」

「刑事は体力勝負ですからね」

秋穂は、ダイエットしようとしているらしい。萩尾から見ると、やせる必要などまったくない。だが、本人はやせたい、やせたいと言っている。だが、親子丼を注文しているのだから、どこまで本気なのか、萩尾は疑問に思っていた。

「これから、どうします？」

秋穂のお決まりの質問だ。

「戻って、デパートで感じたことを報告しよう」

周囲の耳が気になるので、「渋谷署」などの言葉は避けた。

「わかりました」

秋穂はそう言って、親子丼を頬張った。


「ああ、曜変天目のことはもちろん聞いている」

萩尾の報告を聞いた渋谷署の林崎盗犯係長が言った。「俺も焼き物にはそれほど詳しくはないが、国宝級の焼き物だろう」

萩尾が訂正した。

「国宝級じゃなくて、国宝だよ」

「中国の茶碗だが、世界中で日本にしか残っていないんだってな」

「日本では、お茶の世界で天目茶碗を珍重したからな。特に大切に保管されたわけだ。中国では、大切にされるといっても日常の道具でしかない。長い年月の間には破損してしまう」

「特製の陳列ケースの中に、その国宝が展示されるということだな?」

「ああ。そういうことのようだ」

「もう告知はされているんだろう?」

「チラシに印刷されているらしい。俺もチラシをもらったが、実はちゃんと見ていなかった」

「あまり世間の話題になっていないような気がするんだが……」

「盗犯係のあんたでさえ、あまり詳しくは知らないと言っただろう。世間では、おそらく建窯だ、景徳鎮だと言ったって、何のことか知らない人が大多数だろう。曜変天目がどれほどのものか、知っている人もそれほど多くはないと思う」

「なるほど……」

そのとき、秋穂が言った。

「それで、意味があるんでしょうか？」

萩尾は思わず聞き返していた。

「何だって？」

林崎係長も、怪訝な顔で秋穂を見ていた。

秋穂が言った。

「だって、あまり知られていないものを展示して、人集めになるのかなって思って……」

萩尾は、その疑問にこたえた。

「熱心なファンが集まるんだよ。そのファンを集めることで商売になるんだ。デパートの展示会は、美術館の展覧会なんかとは違って即売会も兼ねているはずだ。陳列されている品物の中には、その場で売られるものも含まれているんだ」

「数万から数十万円といった品が、ケースに入れないで展示されているということでしたね。それらは、その場で売られる商品ということなんですね」

「そう。それに今回は国宝が展示される。熱心なファンでなくても国宝を一目見たいと思う人もいるだろう。そういう人たちがやってきて、何人かは展示品を買っていくかもしれない」

「なるほど……」

「デパートでは、意外なものの展示即売会が催される。日本刀の展示即売会なんかもあるんだ」

「へえ……」

秋穂が感心した顔でつぶやくと、林崎係長が萩尾に言った。

「国宝となりゃあ、盗人たちも黙ってねえだろうなあ。やっぱり、八つ屋長治の件は、そいつかなあ……」

萩尾はうなずいた。

「その線はあり得ると思う」

「警備態勢はどうなんでえ？」

「まあ、問題のないレベルだよ」

「満足してねえような言い方だな」

「いや、そういうわけじゃない。ただ……」

「ただ、何だ？」

「国宝の曜変天目を展示するというのは、盗人にとってみれば、一種の挑戦に思えるだろう。その挑戦を受けて立とうっていう盗人もいるはずだ」

「そのための警備だろう」

「あんたがプロの窃盗犯なら、どうやって盗む？」

「そりゃ、警備の穴をつくしかないだろう」

「穴はどこだと思う?」

「会場の警備が万全だとしたら、やっぱり、搬送のときだろうぜ」

「俺もそう思う。搬入・搬出のときが一番危ない」

「警備会社も、それは考えているだろう」

「そうだろうな。でも、大物の盗人は、その裏をかこうとするだろう」

「どういう方法があり得ると思う?」

「今はまだわからない。だが、こっちも知恵を絞る必要があると思う」

林崎がうなった。

「警備会社に任せておけばいいと思っていたんだが……」

「給料もらってるんだ。その分の仕事はしようぜ」

「いつも、給料以上の仕事をしていると思っているんだけどな」

萩尾は、その言葉に笑みを返した。

6

萩尾は、目黒署に戻ると、茂手木係長にも、渋谷のデパートの展示品の話をした。

茂手木係長が言った。

「そいつは、渋谷署も災難だな」

「おい、俺の担当でもあるんだぞ」

「気の毒にな」

「さっき、ダケ松に話を聞いたとき、やつは唐突に八つ屋長治の話を始めたんだ」

「八つ屋長治？　故買屋の？」

「そうだ。八つ屋長治のところで、近々大きな取り引きがあるという話だ」

「故買屋のところででかい取り引きがあるってことは、何か高価な盗品が出るということだな……。その国宝の焼き物か……」

「可能性は高いな」

「それが、ダケ松と関係があるのか？」

「弟子について追及しようとしたら、急に八つ屋長治の話を始めたんだ。武田は、話題をそらしたかったんじゃないかと言うんだが……」

茂手木係長が秋穂を見た。秋穂が言った。

「八つ屋長治の名前が出たのは、かなり唐突でしたから、単なるダケ松の思いつきかもしれません」

茂手木係長が言った。

「その可能性はあるだろうな。だが、本当にあいつに弟子がいるんだろうか……」

萩尾は言った。

「俺はいると睨んでいる。そして、ひょっとしたら、八つ屋長治の話は弟子と何か関係があるのかもしれない」

「関係がある？　どうしてそう思うんだ？」

「まったく関係がないのなら、ダケ松が、あのタイミングで八つ屋長治の名前を出すはずはないと思うんだ」

茂手木係長と秋穂が、無言で考え込んだ。

先に発言したのは茂手木係長だった。

「武田が言うとおり、ただの思いつきじゃないのか？」

「思いつきで、故買屋の名前を出すってのが解《げ》せないんだ。盗人の名前なら話はわからないでもない。だが、故買屋だぞ。なんで、ダケ松はいきなりそんな話を始めたんだ」

「そいつを俺に訊かれてもな……」

「ダケ松の気持ちになって考えてみてくれ。話題をそらしたい、というのはわかる。たしかにやつは、弟子の話をしたがらなかった。いや、もっと正確に言うと、弟子のことをしゃべりたくて仕方がないので、追及を続けられたくなかった。それ以上追及されたら、ついしゃべっちまうかもしれないからだ。だから、話をそらしたかった。そこまでは、わかるんだ。だが、突然故買屋の名前を出すのは、妙だと思う」

茂手木係長が、思案顔のまま言った。

「たしかにハギさんの言うとおりだが……。じゃあ、八つ屋長治のでかい仕事ってやつに、ダケ松が一枚噛んでいるということか？」

「一枚噛んでいるのは、ダケ松じゃない。やつの弟子だ。そう考えれば、辻褄が合う」

茂手木が秋穂に尋ねた。

「武田はどう思う？　あんたもダケ松の話を聞いていたんだろう？」

秋穂がこたえた。

「弟子が、その取り引きに絡んでいると考えれば、八つ屋長治の名前が出たことには納得できるんですが……」

茂手木が眉をひそめる。

「納得できるが、何だ？」

「もし、萩尾さんの言うとおりだとしたら、ダケ松は、八つ屋長治とともに弟子を警察に売ったということになりませんか？」

「弟子を売った？」

「そうです。私たちは、八つ屋長治の取り引きのことを、ダケ松から聞いて知ったんです。何も言わなければ、弟子は安全だったでしょう。でも、知ったからには、警察は動きます。そうなれば、ダケ松の弟子も捕まる危険があるということになりませんか?」

茂手木係長がうなずいた。

「たしかに、そのとおりだ」

萩尾は、秋穂の疑問にこたえた。

「早晩俺たちが八つ屋長治の取り引きのことを嗅ぎつけると、ダケ松は読んでいたんだろう。事実、渋谷署の林崎係長は、そのことを知っていた。ダケ松から話を聞かなくても、渋谷署経由で、八つ屋長治の情報が入ってきたはずだ」

「だからといって、ダケ松が八つ屋長治を売ったことには変わりはありませんよ。そして、もし、弟子がいて八つ屋長治の取り引きに絡んでいるとしたら、その弟子をも、売ったことになるんです」

「なるほど……」

萩尾は考え込んだ。「おまえさんの言うことも、もっともだな……」

「ダケ松が弟子をかばって自分が犯人になろうとしているんだったら、八つ屋長治の件で弟子を危険にさらすのは理屈に合わないと思います」

茂手木が萩尾に言った。

「武田が言っていることは、筋が通っていると思う」

「そうだな……」

萩尾は言った。「そのへん、ダケ松に訊いてみようじゃないか」

取調室で、ダケ松はあきれたように言った。

「ハギさん。またかい……」

「おまえが本当のことをしゃべってくれるまで、俺は何度でも話を聞きに来るさ」

「いいねえ。退屈しないで済むよ」

「八つ屋長治のところで、大きな取り引きがあると、おまえは言った」

「ああ、言ったよ。俺んところで油を売ってないで、八つ屋長治を引っ張って話を聞いたらどうだ?」

「何もしていないやつを引っ張るわけにはいかない。だから、おまえもいつまでもここに置いておくわけにはいかないと、俺は思っている」

「俺は仕事をやったんだよ。捕まって当然だ」

「八つ屋長治の大きな取り引きってのは、曜変天目のことか?」

ダケ松は笑みを浮かべた。

「だったら、どうする?」

「盗まれないように、徹底的に警備するさ」

「さて、それで守れるかな?」

「おまえが心配することじゃない。警察は、やることはやる」

ダケ松は、にやにやと笑いつづけている。

「俺は心配なんかしてねえよ。ハギさんのためを思って言ってるんだ。俺なんかにかまっている暇があったら、八つ屋長治のことを調べてみろってな」

「もちろん、調べてみるさ。その前に、おまえに訊きたい」

「何をだい?」

「八つ屋長治の取り引きに、おまえの弟子が絡んでいるのか?」

ダケ松の笑みは消えない。

「だからさ、俺に弟子なんていないって言ってるだろう」

「そうか……」

萩尾は、ようやくダケ松の意図がわかったような気がした。「国宝の曜変天目を収める特製の陳列ケースが搬入されるのが明日。ということは、曜変天目そのものが運搬されるのは、さらに先のことになる」

「それがどうした」

「それまでは、曜変天目の盗難は起きないだろう。つまり、八つ屋長治のところに持ち込まれることはない。おまえは、その前に俺が八つ屋長治を引っ張ればいいと思っている」

ダケ松の笑いが苦笑に変わった。

「なんで俺がそんなことを考えなきゃならねえんだ?」

「八つ屋長治の取り引きを未然に防げば、おまえの弟子がそれに関わることもなくなる」

ダケ松の笑いが、ぎこちなくなり、やがて消えた。

「ハギさんの想像力の豊かさには、ほとほと感心するよ。だが、俺は一言もそんなことは言ってねえぜ」

「言わなくたってわかるさ」

「勝手なことを言ってろよ。俺に弟子なんかいねえよ」

萩尾は食い下がった。

「なあ、おまえはしゃべりたくてたまんないんだろう？　自慢の弟子なんだ。おまえの仕事は特別だ。才能があるやつにしかできない。おまえには、そういう自負があったはずだ。だから、一人で仕事をしてきた。だが、事情が変わった。おまえも年を取って腕も落ちる。そんなとき、おまえと同じくらいに才能がある若いのに出会った。そうだろう」

「ふん」

ダケ松は、鼻で笑った。「本当に、ハギさんの想像力は豊かだね」

「おまえの思惑どおり、俺は八つ屋長治の取り引きをご破算にしてやる。だが、それだけじゃない。関係者をあぶり出して、全員を検挙する。その中には、おまえの弟子もいるはずだ」

ダケ松は再び笑みを浮かべた。

「ハギさんなら、本当にそう考えているだろうね。だが、俺は関係ないよ。何度も言ってるが、俺に弟子なんかいないし、今回の仕事は俺がやったんだ」

ダケ松は、萩尾が言うことを認めようとしない。だが、萩尾はダケ松の笑いが、さらにぎこちなくなったのに気づいた。

彼は明らかに虚勢を張っている。内心は動揺しているのだ。

萩尾は言った。

「俺は当初、おまえの境遇を思って、このまま送検しちまってもいいかもしれないと思っていた。だが、おまえが意地を張り通すのなら、こっちにも意地がある。何がなんでも、真相を探り出してやるから、そのつもりでいろ」

ダケ松は、笑みを消した。真顔で言った。

「ハギさん、本当に八つ屋長治の取り引きを止めさせたいのなら、急ぐことだね」

「ああ、急ぐよ。そして、おまえの弟子も挙げてやる」

萩尾は立ち上がった。そして、取調室を出た。秋穂が慌ててあとについてくるのがわかった。

「萩尾さん、落ち着いてください」

秋穂が廊下で、後ろから声をかけてきた。萩尾は振り向いて、にっと笑った。

「俺は、落ち着いているよ」

秋穂は、ほっとした顔で言った。

「ダケ松に啖呵《たんか》を切ったから、てっきり腹を立てているのかと思いました」

「なんで俺が腹を立てなきゃならないんだ？」

「萩尾さんはダケ松のことを考えているのに、ダケ松がそれをわかってくれないから……」

「妙なことを言うなよ。俺は本当の盗人を捕まえたいだけだ。ダケ松がどうなろうと、知ったこっちゃない」

秋穂が笑った。

「何がおかしい」

「嘘を見破るのはうまいのに、どうして嘘をつくのがへたなのかな、って思って」

萩尾は苦い顔を作って言った。

「別に嘘じゃないよ。ダケ松のことを考えたってしょうがない。だが、やつが言ったとおり、八つ屋長治のことは急いだほうがいいな」

「そうですね」

盗犯係に戻ると萩尾は、茂手木係長に報告した。

「おそらく、ダケ松の弟子は、八つ屋長治の取り引きに関係している」

「おそらく、ということは、ダケ松が吐いたわけじゃないんだな?」

「あいつは、相変わらずしらばっくれてるよ」

「それじゃあ、どうしようもないなあ……」

「俺は、渋谷の件もあるんで、八つ屋長治を洗ってみる」

茂手木係長が言った。

「こっちは、できるだけ裏を取ってみるがね……。本人の自白がある以上、送検せざるを得ない」

「ぎりぎりまで待ってくれるな?」

茂手木係長は、肩をすくめた。

「まあ、ハギさんがそう言うなら……」

萩尾は、目黒署をあとにして、警視庁本部に向かった。

萩尾は秋穂とともに猪野係長の席に近づき、ダケ松は誰かをかばっていて、それは弟子ではないかと言った。

猪野係長が、老眼鏡を外して萩尾と秋穂を交互に見た。

「弟子だって? ダケ松は一匹狼だろう」

「あいつもいい年ですからね……」

「だったら、弟子なんて育てずに、おとなしく引退してくれればいいものを……」

「職人肌の盗人は、なかなかおとなしく引退してはくれませんよ。年を取ると、自分の技術を誰かに伝えたくなるんです」

「ダケ松もそういう年になったってことだな……」

「年だけの問題じゃないでしょう。きっと、才能のある若者に出会ったんだと思いますね」

「才能だって?」

「ダケ松の手口は、滅多なやつには真似ができません。一目で金目のものがある場所を見極めなければならないんです」

「その手口を継げるやつが見つかったということか」

「そうだと思います」

猪野係長が溜め息をついた。

「名のある窃盗犯の手口を見るといつも思うんだ。その技術や能力を、どうしてまっとうな分野に活かせなかったんだろうって……」

「まっとうな分野じゃ、たいした金にならないからでしょうね」

「それで、ダケ松は今、どうなっているんだ?」

「目黒署に勾留されています」

「その弟子とやらの目星はついているのか?」

「いや、そいつはまだですが、もしかしたら、八つ屋長治と関わっているかもしれません」

「八つ屋長治? 故買屋だな……」

「ええ。八つ屋長治が、近々大きな仕事をするという噂があるんだそうです。それについては、渋谷署の林崎係長も知ってました」

猪野係長が、眉をひそめた。

「渋谷署……? 例の、デパートの催事と何か関係があるのか?」

「あるかもしれません。八つ屋長治は、特に焼き物の目利きですから……」

「わからんな。故買屋の大きな仕事と、空き巣狙いの弟子が、どう関わってくるんだ?」

「それはわかりませんが、洗ってみる必要があると思います」

「八つ屋長治か……」

　ふと、猪野係長が考え込んだ。

　萩尾は尋ねた。

「どうかしましたか？」

「最近、どこかでその名前を聞いたような気がする」

「係長も、大仕事の噂を聞いたということですか？」

「いや、そうじゃないいな……」

　しばらく考えてから、猪野係長は言った。「ちょっと待ってろ。いちおう課長に報告してくる」

「課長に話を通すほどのことじゃないでしょう」

「俺は、中間管理職なんだよ」

　猪野係長はそう言うと立ち上がり、課長室のほうに向かった。

　秋穂がそっと言った。

「中間管理職なのは間違いないですけど、猪野係長は、課長の顔色をうかがうような人じゃないですよね」

　萩尾はこたえた。

「何か、確認したいことがあったんだろう」

　しばらくすると、猪野係長が戻ってきて、萩尾と秋穂に言った。

「二人とも、ちょっと来てくれ」

萩尾は尋ねた。

「どこに行くんです？」

「課長が呼んでいる」

三人で課長室を訪ねた。

捜査第三課の戸波市郎《となみいちろう》課長が言った。

「おう、ハギさん。八つ屋長治が大仕事をやるんだって？」

戸波課長は、やせ型で白髪混じりだ。刑事というより、職人のような風貌だ。

萩尾はこたえた。

「そういう噂です。渋谷署の管内で、デパートの催事があり、そこで曜変天目を展示するというので、それが関係あるかと……」

「曜変天目の件は知っている。それで、八つ屋長治を洗いたいと……？」

「はい」

「それは、ちょっと待ってくれないか」

萩尾は、眉をひそめた。

「どういうことですか？」

「二課が追っているやつがいてな。それが、八つ屋長治と何かを画策しているらしい」

「二課が……」

捜査第二課は、知能犯の担当だ。贈収賄、汚職、詐欺、サイバー犯罪、通貨偽造、商法違反などを扱う。

二課と故買屋と聞いて、萩尾はすぐに理解した。

「贋作ですね」

贋作を使った詐欺事件は、二課の担当となる。

戸波課長が言った。

「詳しいことは、俺も聞いていない。だが、八つ屋長治についての情報をくれと言われた」

「二課は二課。俺たちは俺たちでしょう」

萩尾は言った。「故買はもともと、俺たち三課の仕事です」

「そういうことは、直接二課の連中に言ってやってくれ」

「直接……?」

「今、向こうの担当者を呼んだところだ」

課長がそう言ったとき、ノックの音が聞こえた。

「失礼します」

見たことのない男が戸口に姿を見せた。

銀行員のような雰囲気の男だった。

こいつが、捜査二課の担当者だな。萩尾はそう思って、その人物を見ていた。

7

戸波課長が、その男を紹介した。

「第二課特別捜査第二係の、舎人真三君《とねりしんぞう》だ」

三課は、本部庁舎の五階にあり、二課は四階にある。あまり人の行き来がないし、警視庁はけっこう人事異動が多いので、知らない顔が少なくない。

それに、二課の連中は、贈収賄だ選挙違反だと、集中的に捜査することが多く、あまり本部庁舎にいない。それでなくても、二課の連中はよく知らない。

戸波課長が、萩尾と秋穂を舎人に紹介する。舎人はきちんと頭を下げた。

「三十五歳で警部補だ。なかなか将来有望だな」

戸波課長が言うと、秋穂がちらりと萩尾を見た。萩尾は無視した。舎人は、萩尾より一回り以上年下だが、階級が同じなのだ。

二課の特別捜査第二係は、詐欺、背任、横領などを担当する。

萩尾は、舎人に言った。

「贋作事件を追っているんだね？」

「はい」

舎人がこたえた。

「焼き物の贋作なのか?」

舎人は、無表情のまま尋ねた。

「どうしてそれを……?」

「こっちも遊んでるわけじゃないんだ」

戸波課長が、たしなめるように萩尾を一瞥《いちべつ》してから言った。

「盗犯を取り調べているときに、八つ屋長治の話が出たんだ」

舎人が言った。

「八つ屋長治についての情報をください」

萩尾は、舎人の態度に少々腹を立てていた。

「俺たちはな、仁義を重んじるんだ。話が聞きたいのなら、それなりのやりようがあるだろう」

舎人が萩尾を見た。まったく動じた様子がない。

「仁義ですか。まるで暴力団員のようなことを言いますね」

「仁義は別にヤクザの専売特許じゃないよ。生きていくのに大切なものだ」

「それなりのやりようというのは、具体的にはどういうことを言うのですか?」

舎人は、しれっとした顔で尋ねる。

「贋作捜査について、詳しく話してくれるとかさ……」

「三課では、捜査情報を部外者に教えるのですか?」

この一言にもかちんときたが、萩尾はなんとか冷静さを保って言った。

「時と場合によるよ。お互いに役に立つとわかったら、情報交換するのも悪くない」

舎人は、しばらく何事か考えている様子だった。萩尾は、猪野係長の顔を見た。猪野も萩尾のほうを見ていた。

やがて、舎人が言った。

「贋作と本物が入れ替えられ、本物が国外に売りさばかれる、という情報を得ました」

戸波課長が、眉間にしわを刻んで言った。

「ずいぶんと漠然とした話だな。焼き物の贋作なんだな？」

「どうやら、そういうことのようです」

「それで、その焼き物の故買を、八つ屋長治が担当するということなんだな？」

「情報の出所が、八つ屋長治の周辺らしいのです」

「ようだ、とか、らしい、とか……。話がはっきりしないな」

「まだ、未確認情報ばかりなのです。だから、八つ屋長治のことを知りたいのです」

萩尾は尋ねた。

「八つ屋長治に触るなと言っているらしいな」

〝触る〟というのは、接触を持つことだ。

「はい。今へたに手を出すと、犯罪が成立せず、犯人の身柄を確保することができなくなりますから……」

「待てよ。犯人確保よりも、犯罪を未然に防ぐことを考えるべきじゃないか。八つ屋長治を引っ張って、話を聞けば、やつも動きようがないだろう」

「それでは、詐欺の犯人が野放しのままです。話によると、ずいぶん腕の立つ贋作師のようです。そういうやつは、確保しないと、罪を重ねることになります」

「八つ屋長治や、その詐欺犯を泳がせるということだな」

「そうですね」

「そんなことをして、盗品が海外に売られでもしたらどうする気だ。一度海外に出ちまったら、取り返すことなんかできないんだ」

「僕たちは、ヘマをしません」

「たいした自信だな」

「はい。自信があります」

「焼き物の贋作には、大きく分けて二種類ある。一つは、高価な焼き物を真似て作り、それを高値で売る場合。そして、もう一つは、有名な焼き物のレプリカを作る場合だ。話によると、どうやらレプリカを作って、それを本物とすり替える、ということらしいが……」

「そのとおりです」

「だが、それは実際には、ほぼ不可能なんだ」

舎人はうなずいた。

「そのあたりのことは承知しております。焼き物の偽物というと、たとえば、九谷焼だの清水焼だのの値打ち物だと言って法外な値段を付けられたもののことで、それは滅多に事件にはなりません。骨董品に値段はないという考え方が一般的で、買い手は自分の眼を信じるしかなく、偽物であってもたいていは笑い話で済むからです。しかし、有名な品のレプリカとなると話は別です。それは、明らかに犯罪を前提として作られるからです」

「だがな……」

萩尾は言った。「もう一度言うが、焼き物のレプリカなんて、およそ不可能なんだ。焼き物ほど偶然性に左右される芸術品はない。絵画ならば、ほぼ完全に作者の意図が反映する。だから、贋作もやりやすいと言える。だが、焼き物はそうじゃない。上薬《うわぐすり》釉薬《ゆうやく》の具合と火の具合で、どんなものが出来上がるか、作者にも予想がつかない場合がある」

「不可能を可能にするのが、贋作師なんです」

「渋谷のデパートで、中国の陶磁器の展示会が行われる」

「はい、曜変天目が展示されるのですね」

「八つ屋長治は、焼き物の目利きだ。展示会が開かれようとしている時期に、大仕事の噂が流れた。無関係じゃないと、俺は読んだわけだ」

舎人が、無表情のまま言った。

「その読みは正しいと思います」

相手がどんなやつでも、認められると、悪い気はしない。

「つまり、デパートに展示される曜変天目が偽物とすり替えられ、本物が海外にさばかれる恐れがあるということだな」

「私もそう考えています」

「俺は、この眼でその展示会の警備態勢を見てきた。曜変天目は、触れるだけで警報が鳴る特別製の陳列ケースに入れられる。警備を担当するのは、民間の会社だが、担当者は警備部にいた元警察官だ。つまりね、どんなに精巧な贋作を作ったところで、すり替えるのは無理だ」

「八つ屋長治は、盗みはやらないのですか？」

「やらない」

「盗み専門のやつが展示会から曜変天目を盗み、八つ屋長治のところに持ち込む、という手筈《てはず》でしょうか……」

「どんなやつだって、盗み出せそうにはない」

「おそらく、警備の穴があるはずです」

「俺もそう思って、会場内を見回したが、穴は見つからなかった」

「空間に穴がなければ、時間に穴があるはずです」

「時間に穴……？」

「そうです。曜変天目を陳列ケースから出し入れするわけですよね。その瞬間が弱点になり得るはずです」

「他の陶磁器については、夜間は別の場所に保管するそうだが、曜変天目だけは、陳列ケースに入れたままにしておくそうだ。そのほうが安全だという考えだ。当然、会場は施錠し、人が立ち入れないようにする」

舎人は、考え込んだ。

戸波課長が萩尾に言った。

「八つ屋長治が大仕事を計画しているっていうのは、あくまで噂に過ぎないんだろう?」

「ええ、まあ、それはそうなんですが……」

「確証もないのに、引っ張れないだろう」

「いや、引っ張ればなんとか話を引き出すことはできます」

「そんなにあせる理由はないだろう」

「ダケ松が送検されちまうんです」

「ああ、話は聞いた。ダケ松が、誰かをかばっているのかもしれないって話だな?」

「はあ……」

「だが、それも確証はない。そうだろう?」

「いや、そうなんですが……」

「本人が自白していると聞いている。それに手口は間違いなくダケ松のものなんだろう?」

「それはそうなんですが……」

「だったら、送検して問題ないだろう」

萩尾は、どう言おうか考えていた。普通に考えれば、課長の言うとおりだ。目黒署の茂手木係長もそう考えているはずだ。

だが、萩尾はどうしてもダケ松が犯人だとは思えなかった。そして、ダケ松が八つ屋長治の名前を出したことが気になっていた。

そのとき、秋穂が言った。

「ダケ松は、刑務所に入りたがっているんです」

戸波課長が秋穂を見た。

「刑務所に入りたがっている？」

「そうです。彼も、もういい年で、盗みを働くのがつらくなってきたようです。かといって、堅《かた》気《ぎ》の仕事がそうそうあるわけじゃありません。娑婆で暮らすのがたいへんなんです。刑務所に入れば、寝床はあるし三食付きです。病気になれば医者に診てもらえる、というわけです」

戸波課長が顔をしかめた。

「娑婆で暮らしていけないやつが、何度も刑務所に舞い戻ってくる。そういうのが問題になってずいぶん経つんだが、いっこうに事態は改善されないな……」

秋穂がさらに言った。

「ダケ松は、引退を考えているのかもしれません。それで、自分の技術を誰かに伝えようと思ったのでしょう」

「弟子を見つけたということか」

「そう考えれば、ダケ松の自白が本物でないことは明白だと思います」

「八つ屋長治の件に、そのダケ松の弟子が関わっているということなのか？」

萩尾は言った。

「確かめたわけじゃないんですが……」

すると、戸波課長が言った。

「確実な話でなくてもいい。ハギさんが思ったことを話してくれ」

言ったところで、受け容れられるかどうかわからない。だが、萩尾は思いきって言ってみることにした。

「ダケ松の弟子が何らかの形で、八つ屋長治の仕事に噛んでいるから、ダケ松は取り調べの最中に、八つ屋長治の名前を出したんじゃないかと、俺は考えてます」

「どういうふうに噛んでいるんだ？」

「それはまだわかりません」

「ダケ松が、八つ屋長治の名前を出したのはなぜだ？」

「弟子に、その仕事をやらせたくないんじゃないでしょうか。八つ屋長治のところに警察の手が入れば、その仕事がご破算になる可能性があります。つまり、弟子がその仕事に加わることもなくなるってことです」

「どうして、その仕事をやらせたくないんだろうな……」

「ダケ松のプライドか、あるいは、弟子を危険にさらしたくないのか……」

「そいつは妙な話だな……」

戸波課長が思案顔で言った。「盗人の弟子なんだ。盗みをやらないなんて意味がない」

「時期の問題だと思います」

「時期……？」

「今はまだ、警察に捕まるような危険は避けたいということなんだと思います。弟子を守らなければならないと考えているんでしょう」

「それで、ハギさんは、八つ屋長治の身柄を引っ張りたいと考えているわけだ……」

「それだけじゃありません。犯罪を未然に防ぐためにも、長治から話を聞く必要があると思います」

戸波課長が、舎人に言った。

「……ということだが、どう思うね？」

舎人は即座にこたえた。

「身柄を引っ張っても、白を切られたらそれまでです。確証は何もないのでしょう？」

「二課は、あくまで泳がせたいということだな」

「……というか、こちらの方針に従っていただきます」

「いや、一方的にそう言われてもな……」

「お話をうかがっていると、三課は、窃盗犯の個人的な事情を斟酌《しんしゃく》し過ぎるように思います」

戸波課長が一瞬間を置いてから言った。

「まあ、そう言われちゃ、身も蓋もないがね……。俺たちには俺たちのやり方があるんだ」

「贋作師を放っておくと、被害が拡大する恐れがあります。詐欺事件は、件数も被害額も増加傾向にあり、警察庁も力を入れています」

たしかに、舎人が言うとおりだ。知能犯は増加傾向にある。オレオレ詐欺に端を発する特殊詐欺事件が増えているせいもある。

だからといって、盗犯をないがしろにしていいということにはならない。

萩尾は、舎人に尋ねた。

「そちらの態勢は？」

「態勢……？」

「何人で、その贋作師とやらを追っているんだ？」

「二人です」

萩尾は驚いた。係全体で手がけるのは無理にしても、何人かの班で動いているものと思っていた。

「二人……。つまり、あんたともう一人だけということか？」

「そうです」

「それは、ちょっと無理なんじゃないのか」

「三課の協力があれば、無理ではないと思います」

協力を頼むという態度ではない。もはや、腹も立たなかった。だが、一こと言っておくべきだと思った。

「協力するのが当然という態度だな。だが、俺たちが二課に協力するとは限らない」

舎人は涼しい顔をしている。

「利害は一致していると思いますが」

「そうかな。俺は、ダケ松という窃盗の被疑者が、シロだってことを証明したいんだ。二課と組んだって、それはできないだろう」

「そっちの件じゃありません。デパートの展示会のほうです。八つ屋長治の仕事と関係があるかもしれないんでしょう?」

「だから、そのために長治を引っ張りたいと言ってるんだ」

「泳がせて、犯行の確固とした証拠を押さえたほうがいいんじゃないですか」

猪野係長が戸波課長に言った。

「どうやら、話が堂々巡りしそうですね」

戸波課長がうなずいて、舎人に言った。

「少しだけ時間をくれ。話し合う必要があるようだ」

舎人は言った。

「わかりました。ではせめて、八つ屋長治の基本的な情報を教えてください」

猪野係長が萩尾を見た。催促しているのだ。

萩尾は、言うしかないと思った。

「八つ屋長治の本名は、板垣長治。年齢は四十七歳。八丁堀で質屋をやっている。店舗兼住居の住所は、中央区八丁堀三丁目……」

それから、店の電話番号を教えた。

この間、舎人は一切メモを取らなかった。もともと記憶力がいいのか、そういう訓練を受けているのか、萩尾にはわからなかった。

公安などでは、メモを取らずすべて暗記する訓練を受けるということだが、二課でそんなことをするとは聞いたことがない。

おそらく舎人個人のやり方なのだろう。

「わかりました」

舎人が言った。「では、連絡をお待ちしております」

彼は、一礼して、課長室を出て行った。

戸波課長が萩尾に言った。

「ダケ松の件だが、送検はやむを得ないと思う」

「あいつはやってませんよ」

「だが、自白している」

「冤罪ですよ」

「本人が、やったと言ってるんだ。違法な捜査をしたわけじゃないんだろう」

「もちろんです」

「ならば、どうしようもない」

これが、殺人などの重要事件なら、冤罪となると大事《おおごと》で、上層部も神経質になる。だが、窃盗罪は、十年以下の懲役または五十万円以下の罰金と規定されている。

実際には、単純な窃盗で、二、三年。初犯なら執行猶予がつくこともある。空き巣は住居侵入罪が加わるし、盗まれた物や、罪を犯すにいたった事情などで、量刑は変わってくるが、大雑把に言うと三年から五年といったところだ。

ダケ松のような常習犯にとって、今さら罪が一つ二つ増えてもどうということはない。それよりも、寝食の心配をしなくて済むことのほうが大切なのだ。

警察の側も、送検・起訴して早く事案を終わらせたほうがいい。無事に起訴されれば、それは警察の実績になるのだから、被疑者が自白しているものをわざわざひっくり返そうとはしないのだ。

双方にメリットがあるということだ。ここで、萩尾が目をつむれば、すべてが丸く収まる。

それはわかっているのだが、どうにも納得できなかった。

巡査を拝命したばかりの若者とは違う。警察組織のことは充分に理解しているし、おとなの判断というものが、時には必要だということもわかっている。

だが、萩尾はダケ松を刑務所に送るわけにはいかないと思っていた。戸波課長に言った。

「ダケ松の思い通りにさせるわけにはいきません」

8

戸波課長は、わずかに顔をしかめた。

「気持ちはわかるがな、ハギさん。それじゃ、誰も得をしないんじゃないのか」

「損得の問題じゃないでしょう。何が正しいのかということだと思います」

「そいつは正論だがな……」

「俺だって青臭い正論を振りかざすつもりはありません。ダケ松は今、まだ表舞台に出てきていない自分の後継者を守ろうとしているんです。そいつが一人前になったら、また空き巣の被害が増えるということです」

猪野係長が、笑いを漏らした。萩尾は彼に言った。

「何がおかしいんですか？」

「いや、ダケ松の後継者が育つのを、おまえさんは心待ちにしているんじゃないかと思ってな」

「そんなことはありません。盗人を捕まえるのが、俺の仕事です」

「でも、萩尾さん、わくわくした顔をしてますよね」

秋穂が言った。「ダケ松に弟子がいるのかもしれないという話になってから……」

「おまえまで、何を言うんだ。わくわくなんかしてないよ」

つい、ふてくされたような口調になってしまった。

「ダケ松も八つ屋長治も、ハギさんにとっちゃ馴染みの顔だ」

猪野係長がさらに言う。「俺にも経験があるよ。馴染みの連中に、いつまでも元気でいてほしいと思うのが人情ってもんだ」

「勘違いしないでください。俺は、彼らの盗人仲間じゃない。刑事なんですよ。俺が彼らのことを知ろうとするのは、あくまでも罪を犯したら検挙するためです」

それは本当のことだった。

犯罪者と親しくするつもりはなかった。

鍵福のように、有力な情報源になる者もいる。だが、鍵福はすでに引退しているのだ。現役の常習犯とは違う。そこの線引きはしっかりできていると自分では思っている。

「わかったよ、ハギさん」

戸波課長が言った。「だが、今のところダケ松の送検を止めてもいいことは何もない。ダケ松の思い通りにはさせないというのは、ハギさんの意地でしかない」

「八つ屋長治を泳がせるという方針なんでしょう？　それと同じく、ダケ松を泳がせたらどうです？」

「ダケ松を泳がせる？」

「そうです。そうすりゃ、必ず弟子と接触します」

戸波課長はしばらく考えてから、猪野係長に尋ねた。

「どう思う？」

猪野係長が、確認するように萩尾に尋ねた。

「八つ屋長治を泳がせるという二課の方針に従うんだな?」

「ダケ松を泳がせるというなら、そいつを呑んでもいい」

猪野係長が戸波課長に言った。

「私は、ハギさんに乗ってもいいと思いますね」

戸波課長が難しい表情になった。

「だが、目黒署が納得しないだろう。ダケ松を挙げたのは目黒署だ」

三課長から話がいけば、目黒署の刑事課長や署長も納得せざるを得ないだろう。だが、戸波課長は、そういうごり押しをやるタイプではない。

根回しをしているうちに時間切れになる。

猪野係長が言った。

「送検させちまえばいいでしょう。検察官と話をつけるんです。不起訴にすれば、同じことでしょう」

戸波課長が、うなってから言った。

「それしかないか……」

萩尾は言った。

「いや、それだと、目黒署はよけいにへそを曲げるでしょう」

猪野係長が言った。

「目黒署に知らせなければいい」

「本部と検察が話をつければ、どうしたって知られちまいますよ。ちゃんと事情を説明したほうがいいです」

戸波課長が考え込んだ。その様子を見て、萩尾は、心の中で密かに諦めの溜め息をついていた。

「俺が、目黒署の茂手木係長を説得しましょう」

戸波課長が、少々慌てた様子で言った。

「いや、それは私の仕事だ」

「俺は端緒に触れていますし、事情をよく知っています。俺が話をするのが一番だと思います。その代わり……」

「何だ？」

「ダケ松を泳がせるのは、課長が決めた方針だということにさせてください」

「もちろんだ」

課長は、あきらかにほっとした顔をしていた。


課長室を出て自分の席に向かって歩き出した萩尾に、秋穂が言った。

「萩尾さん、また面倒なことを自分から背負い込んで……。課長に任せておけばいいのに……」

「課長は、圧力をかけたり、押さえつけたりするのが嫌いなんだよ。そういう仕事を押しつけるのはかわいそうだ。ダケ松を泳がせるというのは、俺が言い出したことだしな……」

「茂手木係長、話を聞いてくれますかね」

「さあな……。やるだけやってみるさ」

「ハギさん」

後ろから猪野係長に呼ばれた。

萩尾と秋穂は、立ち止まって振り向く。猪野係長が言った。

「ダケ松の弟子とやらだが、目星はついているのか?」

「いえ、まだそれは……」

「八つ屋長治の仕事に一枚嚙んでいるかもしれないというのも、ハギさんの読みでしかないんだな?」

「ええ、今のところは……」

「何とか、確かなことを一つでいいから見つけてくれ。でないと、二課にいいように使われることになる」

「課長に何か言われましたか?」

「二課長には強く出られない、と……」

刑事部の中でも、捜査一課長と二課長は、警視正だ。三課長は一階級下の警視。しかも、今の二課長はキャリアだった。

仕事の内容が違うのだから、階級が上だろうがキャリアだろうが、気を使うことはない、と萩尾は思っている。

だが、戸波課長の気持ちもわからないではない。

捜査一課長はキャリアではないが、なんといっても捜査一課は、刑事部の花形だ。マスコミの注目度も高い。

そして、二課長は歴代キャリアが占めている。選挙違反や贈収賄事件など、政治家と関わることも多いからだ。

一方、盗犯を相手にする三課は、マスコミの注目度も低く、階級も下ときている。日頃、面白くないこともあるだろう。

だが、犯罪の圧倒的多数を占めるのが窃盗なのだ。萩尾は、その多発する犯罪と日々戦っているという自負があった。

さらに、花形の捜査一課が相手にする犯罪者は、たいてい素人だが、三課はプロを相手にするのだ。萩尾にはその誇りがあった。

「出世しようとする人はたいへんですね」

萩尾は言った。「俺なんかは、どうせ出世街道から外れているから、相手が警視だろうが、警視正だろうが気になりませんん」

これは皮肉ではなかった。警視庁本部で課長まで登り詰めるのはたいへんなことなのだ。そういう意味では、萩尾は素直に戸波課長のことを尊敬しているし、苦労も理解していた。

戸波課長も、萩尾と同じように三課に誇りを持っているはずだ。もう少しだけ、それを前面に出してほしいと、萩尾は思っているだけなのだ。

猪野係長が言った。

「済まないが、ハギさんには、あの舎人っていう若いのの面倒を見てもらうことになりそうだ」

萩尾より先に、秋穂が言った。

「それって、どういうことですか？」

「八つ屋長治の件について、舎人といっしょに捜査してほしいってことさ」

「え……。だって、萩尾さんは、八つ屋長治を泳がせることには反対だったんですよ」

「だが結局、呑んだんだ。なあ、ハギさん。そうだろう」

萩尾はうなずいた。

「ええまあ、そうですね」

「おまえさんだって、舎人が何をしでかすか心配なんじゃないのか？」

「そう言われりゃ、たしかに……」

「追って、舎人から連絡があるだろう。よろしく頼むよ」

「わかりました」

そう言うしかなかった。


署を出て、目黒署に向かったのは、午後四時半頃のことだ。今日、目黒署に行くのはこれで三度目だ。

今までで一番気が重い。挙げたホシを釈放しろと、茂手木を説得しなければならない。場合によっては、目黒署の刑事課長や署長に話をしなければならないかもしれない。

歩道を歩きながら、秋穂が言った。

「まったく、課長も係長も、萩尾さんに面倒なことを押しつけて……。萩尾さん、損ばかりしてるじゃないですか」

「なんだ、ずいぶん機嫌が悪いな」

「萩尾さん、腹が立たないんですか？」

「腹を立ててもしょうがない」

「言いたいことは言ったほうがいいですよ」

萩尾は溜め息をついた。

不満がないわけではない。

「女ってのは、つくづく不思議だと思う」

「何がですか」

「言っても仕方のないことを、どうして言いたがるんだろうな」

「女とか男とかの問題じゃないと思いますよ」

「いや、男は解決できないことを口に出したりはしないと思う。誰かに何かを言うのは、問題の解決の糸口をつかみたいからじゃないのかな。だけど、女は問題を解決するために何かを訴えるわけじゃないような気がする。聞いてもらうだけでいいんだ」

「そんなことはないと思いますよ」

秋穂がトーンダウンした。口では否定しているが、おそらく思い当たる節があるのだろうと、萩尾は思った。

「女に何かを言われて、本気でいっしょに考えたりすると、そんなつもりで話したんじゃない、なんて言われる。どうしたらいいのかわからないので、俺は一度女同士の会話に聞き耳を立ててみた時期がある。それで判明したんだ」

「何が判明したんです?」

「聞き手の女は、何一つ解決策を提示しないんだ。ただ、あいづちを打ったり、いっしょに憤ってみせるだけだ。たぶん、それが女同士のコミュニケーションなんだろうと思った。男同士は議論し合う。だが、女は愚痴を言い合う。それが判明したわけだ」

「偏見ですよ。女同士だって、ちゃんと議論はするし、相手の相談に乗っていっしょに問題を解決しようとします」

秋穂はそう言ったが、その口調は、さきほどよりさらにトーンダウンしていた。


目黒署の茂手木係長は、驚いた顔で萩尾と秋穂を迎えた。

「なんだ、一日に三度もやってくるなんて、どうしたんだ?」

萩尾は、できるだけ神妙な口調で言った。

「実は、あんたらにとって不愉快な話をしなければならない」

「不愉快な話?」

「ダケ松の送検を見送って、釈放してほしい」

茂手木係長は、無言で萩尾の顔を見つめた。その視線が痛かった。

萩尾は続けて言った。

「納得できないのは充分承知だ。だが、ダケ松はやっていないはずだ」

茂手木係長が、低い声で言った。

「いくらハギさんでも、そいつは聞けないな……。ダケ松は自白してるんだ」

「自白の裏は取れたのか？　物証はないんだろう？」

「物証がないのが、ダケ松の手口の特徴だろう。明らかにダケ松の手口だ。そして、自白がある。これで送検しなきゃ、ばかだ」

「三課長が決めたことなんだ」

「おい、ハギさん。上からの圧力ってやつか。そいつは、ますます面白くないな」

「いや、こっちにもいろいろと事情があってさ……」

「そりゃ事情はあるだろうよ。だがな、所轄にだって事情があるんだ。一度しょっ引いたホシを、おいそれと放免にはできない」

「それはわかってる。だがな、ダケ松はやってない」

「それは、ハギさんの思い込みだろう。それこそ、物証はないはずだ」

「物証はない。だからさ、泳がせようって言ってるんだ」

茂手木係長は、一瞬沈黙した。

「泳がせる？　それは、どういうことだ？」

「ダケ松は、誰かをかばっている。そいつは確かだ。ムショに行きたいと言いながら、職質をかけられて逃走したんだ。その不可解な行動も、捜査員の眼を誰かからそらすためだったと考えれば説明がつく」

「だから、何だと言うんだ」

「ダケ松を泳がせれば、必ず弟子と接触するはずだ。そして、弟子と二人で仕事をするところを検挙できるかもしれない。現行犯なら逃げようがない」

「ふん、うまいこと言って、俺を煙に巻こうったってそうはいかない。ダケ松と弟子を検挙するだって？　そんな必要はない。現時点で、ダケ松を逮捕しているんだからな」

「へたをすると、証拠不充分で、不起訴なんてことになりかねないぞ」

「自白があるんだ」

「検事は、自白の信憑性について検討するはずだ」

「信憑性はある。手口はダケ松のものなんだ」

「俺が弁護士なら、ひっくり返せると思う」

茂手木係長が、鼻で笑った。

「ダケ松が弁護士を雇うと思うか？」

「国選弁護人にも気のきいたやつはいるさ。起訴までこぎつけても、裁判で無罪判決なんてことになったら、面目は丸つぶれだぞ」

「刑事裁判の有罪率を知ってるだろう」

「九九・九パーセント。だがな、百パーセントじゃないんだ」

「限りなく百パーセントに近いんだよ。起訴されたら有罪。それが常識だ」

「なあ……。聞いてくれ。俺は喧嘩を売りに来たわけじゃないんだ」

「充分喧嘩を売っていると思うぞ」

「無条件で、無罪放免にしろと言っているわけじゃない。真犯人とともにダケ松をもう一度逮捕するために泳がせようと言ってるんだ」

茂手木係長が、黙り込んだ。少しだけクールダウンしたようだと、萩尾は思った。さらに説得しようと思っていると、茂手木係長が言った。

「俺に言ってもだめだよ」

「だめ……？」

「ハギさん。冷静になったらどうだ」

「俺は冷静だよ。冷静じゃないのは、あんたのほうじゃないのか」

「冷静ならわかるはずだ。ダケ松は任意同行じゃない。すでに逮捕状を執行しちまったんだ。送検するしかないんだよ。その後のことは検事が決める。だから、起訴せずに泳がせて様子を見るとか、そういうことは、もう俺には決められない。検事が決めることだ」

たしかに茂手木係長の言うとおりだ。逮捕状はすでに執行されていたのだった。

ダケ松を刑務所送りにしないためには、やはり、猪野係長が言っていたように、検事を説得するしかないのか……。

　萩尾は言った。

「あんたがそれでいいと言うのなら……」

「送検した後のことについては、俺はあれこれ言わない」

　それは嘘ではないかもしれない。

　もし、内緒で検事に手を回したりしたら、茂手木係長は腹を立てるはずだ。それはさきほど、猪野係長や戸波課長に言ったとおりだろうと、萩尾は思った。

　だが、こうしてちゃんと話を通せば、検事を説得して、ダケ松を不起訴か起訴猶予にしても、茂手木は何も言わないかもしれない。

　もちろん、面白くはないだろうし、萩尾に対して言いたいことはあるだろう。だが、検事が決めたことに、文句を言う気はないに違いない。

　萩尾は、茂手木係長に言った。

「すぐにでも送検したがっていたな」

「ああ。いつまでも一つの事案に関わってはいられない。ホシが挙がってるんだから、さっさと手続きを済ませたいさ」

「じゃあ、送検してくれ。そうすれば、担当検事が決まるから、話をしに行く」

　茂手木係長が溜め息をついた。どうやら怒りは収まりつつあるようだ。

「なあ、ハギさん。ダケ松は、ムショに入りたがっているんだろう」

「ああ、そうだ」

「なら、あいつの望むとおりにしてやりゃあいいじゃないか」

「刑務所は、ホテルでも養老院でもないんだ」

「たしかにそのとおりだが……。じゃあ、ダケ松のようなやつは、野垂れ死にでもすればいいって言うのか？」

萩尾は、世の中の理不尽をいやというほど見てきた。そして、自分にはどうしようもないことが山ほどあることを知っている。

おそらく茂手木係長もそうなのだ。それでも言わずにいられないのだろう。

「まっとうに生きる方法を見つけてほしいんだよ」

萩尾が言うと、茂手木係長がかぶりを振った。

「それができないから盗人をやっているんだろう」

「いや、そうじゃない」

萩尾はきっぱりと言った。「まっとうに生きられないから盗人をやっているんじゃない。盗人をやっているからまっとうに生きられないんだ。どっちへ向かうか、本人の気持ち次第なんだよ」

茂手木係長は、肩をすくめて言った。

「送検の手続きをするよ」

萩尾はうなずいた。

「担当検事が決まったら教えてくれ」

「自分で調べな」

まだ怒りは完全に収まってはいないようだ。萩尾は、黙ってうなずき、出入り口に向かった。

秋穂も無言であとについてきた。

9

萩尾は、秋穂とともに本部庁舎にもどった。もうすぐ午後六時だ。すぐに、猪野係長に報告した。

「そうか。まあ、茂手木係長がへそを曲げるのも無理はないな」

猪野係長が、溜め息をついて言った。

「すでに逮捕状が執行されているのに、放免にしろなんて、無茶を言ったもんです」

「結局、俺が言ったとおり、送検した後に検事と交渉するってことになったわけだな？」

「そうです」

「わかった。担当検事については、こっちで調べておく」

「検事には、俺が話をします」

「そのときは俺も行こう。おまえさん一人じゃ荷が重いだろう」

そのとき、秋穂が言った。

「私もいるんです。萩尾さんは一人じゃありません」

猪野係長は、にっと笑って秋穂に言った。

「そうだったな。じゃあ、三人で行こう」

「二課の舎人は、その後何か言ってきましたか？」

「いや。連絡はない」

「向こうから何か言ってくるまで、放っておいていいですね?」

「もちろんだ」

できるだけ舎人とは関わりを持ちたくないと、萩尾は思った。ただでさえ忙しいのだ。二課の若造の面倒を見るなどご免こうむりたい。

だが、彼が言っていた、凄腕の贋作師については、少しばかり気になっていた。

萩尾が舎人に言ったとおり、有名な焼き物の偽物を作るのは、ほぼ不可能だ。一度でも本物を見たことがある目利きをだますことはできない。

焼き物は偶然性に左右される芸術だ。人は偶然を操ることはできない。

だが、世の中には不可能を可能にする人間が存在する。本物そっくりの焼き物を作る贋作師がいないとは限らない。

考えてみれば、すべての芸術に偶然性は作用している。油絵では、絵の具の混ざり具合や画家のタッチの大部分は偶然だと言える。贋作師は、それを再現して見せる。

書も、墨の濃淡、かすれ具合など、偶然の産物は多い。そしてやはり、贋作師はそれを再現する。

二課が追っているということは、過去に何かの贋作で捜査対象になったのだろう。あるいは逮捕歴があるのか……。

萩尾の中で、次第にその贋作師に対する興味が膨れあがってきた。

猪野係長が言った。

「渋谷署の件は、先方に任せておいてだいじょうぶなのか？」

「これから顔を出してみます」

猪野係長は時計を見た。

「終業時間が過ぎているのに、ご苦労だな。俺は帰らせてもらう。残っていると、二課のやつらが余計なことを言ってきそうな気がする」

萩尾は笑った。

「そういうときは逃げるに限りますね。俺も、渋谷に寄って、そのまま帰ります」

「わかった」

萩尾は、秋穂を連れて渋谷のデパートに向かった。


午後六時半にデパートのオフィスを訪ねると、事業課長の上条が慌てた様子で、近寄ってきた。

萩尾は思わず尋ねた。

「どうかしましたか」

「舎人さんとおっしゃる刑事さんのことですよ」

「舎人がここに来たんですか？」

「曜変天目茶碗を確認させろと……」

「それで、どうしたんですか？」

「まだ当店に運ばれておりませんからね」

「では、まだ美術館にあるということですね。どこの美術館でしたっけ」

上条は、二子玉川にある美術館の名前を言った。

「そこからは、どういうルートで……？」

「それは、極秘になっています」

「我々も警備担当の一員なんですがね……」

「トーケイの方針なんです。秘密を知っている人が少なければ、それだけ洩れる危険も少ないと……」

「まあ、それについては、後でトーケイの久賀さんと話をするとして……。舎人は、どうしました？」

「今は、九階催事場で、久賀さんと話をされていると思います」

「行ってみましょう」

萩尾は、秋穂、上条とともに、九階に向かった。

久賀と舎人は、曜変天目を展示する予定の特製陳列ケースの前にいた。

萩尾たちが近づくと、舎人は涼しい顔で言った。

「やあ、どうしました」

「どうしたじゃない。曜変天目を見せろって、どういうことだ」

「本物かどうか確認する必要があるでしょう」

「国宝だぞ。おいそれと拝める代物じゃない」

「ここに陳列されるんでしょう？　だったら、事前に確認作業をしても問題はないでしょう」

久賀が苛立った様子で、萩尾に言った。

「美術館の担当者以外には、絶対に手を触れさせない。それが大原則です。わが社の中でも直接関わる者は若干名に限られています」

萩尾はこたえた。

「ええ、それが当然の措置だと思います」

「それで、納得していただけるわけですね？」

「納得します」

「では、そのようにやらせていただきます」

「そういうわけだから、事前にチェックする必要などないんだ」

萩尾は、舎人に言った。

「二つの意味で確認する必要があります」

「二つの意味で……？」

「そう。ここの警備態勢にはたしかに穴はないように見えます。空間に穴がないのなら、時間に穴があるという話をしたのを覚えていますか？」

「もちろん覚えている」

「問題は時間なんです。もし、陳列前に確認して、それが偽物だったとしたら、ここに運び込まれる前にすり替えられたことになります。また、本物であれば、すり替えられたとしても、それがここに運び込まれた後のことだとわかるわけです」

「言っていることはわかる。だが、あんたが曜変天目を見て本物かどうかわかるのか?」

舎人は、あっさりと言った。

「わかると思います」

「たいした自信だな」

「自分は、学芸員の資格を持っていますし、過去に美術館でその茶碗を見たことがあります」

萩尾は驚いた。

「学芸員だって……?」

「そうです。イギリスに留学して、キュレーターの勉強もしました」

「なんでそんなやつが警察に……」

「刑事になりたかったんです」

変わったやつもいるもんだ。萩尾はかぶりを振って言った。

「これも時代というやつですかね……」

久賀が皮肉な口調で言った。「昔の警察官は、仕事に対して一途だったような気がしますがね……」

警察官を辞めたあんたに言われたくない。

そう思ったが、萩尾は何も言わなかった。

上条が不安気に、萩尾たちのやり取りを見守っている。

何か言わなければならないと思ったとき、秋穂が言った。

「いいから、ここは警備会社とデパートに任せましょう。私たちがいると、邪魔になるだけですよ」

舎人は、不思議そうな顔で秋穂を見た。

「邪魔になる？　なぜです」

「トーケイでは、きちんと警備計画を立てて、それに沿って動いているんです。計画にないことをすると、必ずそのしわ寄せがどこかに出ることになります。私たちが余計なことをすると、それはプログラムのバグみたいなことになっちゃうんですよ」

「ええと、君は誰でしたっけ？」

「三課第五係の武田です。三課長室でお会いしています」

「そうでしたっけ。それは失礼。君が言うとおり、警備計画は大切でしょう。でも、アクシデントに柔軟に対応できない計画は、あまり役に立たないんじゃないですか？」

「わざわざアクシデントを起こそうとしなくてもいいでしょう」

「確認は大切です」

「あなたは本物かどうか見分けることができると言いましたね」

「ええ」

「でも、それを証明することはできません。私たちは、あなたの判断を確認する方法がないんです」

「自分の眼力を信じてもらうしかないですね。展示品を一つお借りできれば、僕の実力を証明できると思いますが、どうでしょう？」

萩尾が尋ねた。

「どうしようというんだ？」

「展示品を作った時代と場所を特定します」

「面白いですね」

上条が言った。「その刑事さんの眼力がどれくらいのものか、試してみてはどうですか」

こいつ、楽しんでやがるな。

萩尾は思った。上条の気紛れに付き合う必要はない。

「いや、彼の眼力を証明したところで、警備がより強固になるわけじゃない。今は、展示品の管理に集中すべきでしょう」

久賀がうなずいた。

「私もそう思いますね。国宝を展示するとなると、どれだけ注意しても足りないくらいです」

「曜変天目は、まだ当店に到着していません」

上条が言った。「明日、特製陳列ケースが設置され、そのテストが済んでから搬入される手筈になっていますから。ただ、それ以外の展示品は、ほぼそろっています。その中の何かを、その刑事さんに見ていただきましょう」

萩尾は、上条に言った。

「彼のことは、もういいんです」

「いえ、曜変天目が到着したときに、それが本物かどうか鑑定してもらう必要があると思います」

萩尾は眉をひそめた。

「どういうことです？」

「茶碗が盗まれたり、すり替えられたりする危険があるということでしょう？　もし、当店に品物が到着した後に、すり替えられたとなれば、責任問題になります。ですから、到着した時点で、本物かどうかを確認する必要があるのです」

萩尾は言った。

「そんなことは警備計画になかったはずです」

「大物の故買商が絡んでいるのでしょう？　警備計画を立てているときには、そんな具体的な情報はありませんでしたからね」

「心配はいりませんよ」

久賀が言った。「トーケイの警備計画は完璧です」

萩尾はうなずいた。

「私も、今のままで問題ないと思っています」

上条が言う。

「真贋を見抜ける人が、警備陣の中にいると心強いんです。展示されている曜変天目が、本物か偽物か、常に気にしていなくてはならないのです。それをいつでも確認できるというのはありがたいことじゃないですか」

舎人が上条に言った。

「展示品はどこにあるのです?」

「この階に特設した、倉庫です。高価なものは、さらに倉庫の中の収納庫にしまってあります」

「では、そちらに移動しましょう」

「こちらです」

上条が舎人を連れて歩き出した。

「いや、ちょっと……」

萩尾は、彼らを止めようとした。だが、すでに上条と舎人の間で話が出来上がってしまっている。

久賀が二人のあとについて行った。

萩尾と秋穂は、顔を見合わせてから、彼らを追った。

特設の倉庫には厳重な扉がついており、そこにはテンキーと指紋認証の電子ロックがついていた。

上条がそのロックを開け、一同は倉庫の中に入った。棚の上に、さまざまな大きさの焼き物が並んでいた。展示即売用の品物だろう。

金庫のような収納庫があり、上条はその扉のロックも解除した。箱を出して、さらにその中から花瓶を取り出す。

白い硬質の地肌に鮮やかな青の山水が浮かび上がっている。小さな花入れだが、萩尾が遠目から見ても、優美さと力強さを感じる。

上条は、その花瓶をそっと手前の台の上に置いた。

「さあ。箱書きを見ずに、この焼き物がどういうものか当ててみてください」

「失礼します」

舎人は、ポケットから白い手袋を取り出して着けた。そして、花瓶を手に取り、慎重に見ていた。

しばらくして、彼はそれを台に戻して言った。

「古染付ですね。十七世紀に、景徳鎮の民窯で作られたものでしょう。古染付は、博物館や美術館所蔵のものが多いのですが、これも、おそらくそうですね。売買するとしたら、一千万円以上の値が付くでしょう」

上条は、うなずいて言った。

「そのとおりです。どうやら、この刑事さんの眼力は間違いないようですね」

秋穂が、萩尾にそっと尋ねる。

「古染付って、たしか日本の茶人とかが景徳鎮なんかで焼かせたものですよね?」

「そう。千利休以降の侘茶で好まれた中国磁器だな。明時代末期に景徳鎮民窯で焼かれ、日本に輸出された青花磁器のことを言う」

特に焼き物に詳しいわけではない。焼き物を盗むやつを捕まえようとすれば、自然と焼き物そのもののことも知りたいと思うようになる。

上条は、花瓶を慎重に箱に戻し、さらにその箱を収納庫にしまった。扉を閉めて電子ロックをかける。

全員が倉庫から出ると、上条がその扉もしっかりと電子ロックで施錠した。

倉庫の前で、久賀が舎人に言った。

「目利きだからといって、国宝を手に取らせるわけにはいきませんよ」

それを聞いて、上条が言った。

「当店に搬入された段階で、それが本物かどうか、チェックしていただく必要があります」

萩尾は尋ねた。

「搬入した後に、特製の陳列ケースに曜変天目を収めるのは、誰の役目なんです？」

久賀がこたえた。

「美術館の専門の係員です」

「陳列ケースに収める際に、近くで見ることは可能ですか？」

「わが社の担当者と、美術館の担当係員以外に、人を近づけたくありませんね」

当然の配慮だと、萩尾は思い、舎人に尋ねた。

「陳列ケースの中にあるのを見て、本物かどうか判断できないのか？」

「焼き物で見たいのは、皿ならば裏側、茶碗や花入れなどでは底なのです。茶碗は高台《こうだい》とその周辺を確認しなければなりません」

なるほど、その言葉にも納得できる。

「上条さんは、曜変天目が、デパートに到着したときに、それが本物であるかどうかを確かめる必要があるとお考えだ。そして、そのためには、茶碗を手に取って見る必要があると舎人は言うが、それを認めるわけにはいかないと、久賀さんがおっしゃる。これでは話が進まない。誰かが妥協しなければならない」

萩尾の言葉を受けて、久賀が言った。

「私は立場上、妥協するわけにはいきません。国宝に対する責任があります」

上条が言った。

「私も妥協はできませんよ。曜変天目が盗まれたり、すり替えられたりする恐れがあるというのだから、到着した時点で、本物なのかどうかをチェックする必要があります。何かあればデパートの責任になるわけですからね」

萩尾は舎人に言った。

「どちらも妥協できないというのは理解できる。だとしたら、あんたが妥協するしかない」

舎人は、肩をすくめた。

「手に取らなくても、ある程度のことはわかります。では、陳列ケースに収まった状態で鑑定することにします」

　上条が舎人に尋ねた。

「それで鑑定が可能なんですか？」

「ええ、やってやれないことはないと思います。ただし、一つお願いがあります」

「何でしょう？」

「高台周辺の写真を撮り、その画像データをいただきたいのです」

「それなら……」

　上条がそう言って、久賀を見た。久賀が渋い顔で言った。

「美術館の係員に頼んでみましょう」

　萩尾は言った。

「それで話は決まりですね」

　久賀がうなずいた。

「では、私は失礼してよろしいですか？　明日の国宝搬入に向けて、いろいろとやることがあるんです」

　舎人が言った。

「いいですよ」

　おつかれさまの一言も言えないのか、と萩尾は心の中でつぶやいていた。

　もし、舎人が萩尾の部下や後輩なら、即座に注意をしていた。

久賀は気にした様子もなく言った。

「では、私はこれで……」

彼が去って行くと、舎人が言った。

「僕も失礼します」

帰ろうとする舎人に、萩尾は言った。

「ああ、ちょっと待ってくれ」

「何でしょう?」

「今度、ここを訪ねるときは、俺に一報くれ」

「わかりました。連絡します」

意外にもあっさりとそうこたえた。

学芸員の資格といい、実に妙なやつだと、萩尾は思っていた。

10

「あいつ、変なやつですね」

秋穂も同じようなことを感じていたらしい。デパートを出ると、彼女が言った。

「あいつなんて言い方はするな。向こうのほうが先輩だろう」

「そうですけど……」

「でもまあ、たしかに変なやつだな」

「二課は、二人組で歩かないんですかね？」

「そんなことはないと思う。刑事はどこの課だって原則は、二人一組で捜査するんだ」

「でも、彼はいつも一人ですね」

「そう言われてみるとそうだな……」

「二課って、大きな事案ばかり扱っているようなイメージがありますけど、今回は二人で贋作師を追っていると言っていました。そんな仕事もするんですね」

「そりゃあ、そういうこともあるだろう」

「もう一人は、どこで何をしているんでしょう？」

「さあな……」

生返事を返したが、実は萩尾もその点が少しばかり気になってはいた。もしかしたら、舎人は勝手に動いているのではないだろうか。

学芸員の資格を持っているということは、国内外の美術品に詳しいということだ。そして、真贋を鑑定する能力も持っているだろう。そんな彼が、贋作師に強く興味を引かれたとしても不思議はない。

彼に振り回されないようにしなければならない。萩尾はそう思った。

秋穂が言う。

「曜変天目が、特製の陳列ケースに収められたら、盗み出すことはほぼ不可能ですよね」

「ああ。ケースもそうだが、トーケイの人的警備もしっかりしている。どんな盗人でも盗み出すのはおそらく無理だろうな」

「だとしたら、舎人が言うとおり、美術館から搬入されるときが狙い目ですね」

「だから、呼び捨てにするなよ。先輩だと言ってるだろう」

「あるいは、すでにすり替えられているとか……」

萩尾は思わず秋穂を見ていた。

「美術館にあるのが偽物だというのか？」

「その可能性はありますよ。八つ屋長治の大仕事の噂がガセでないとしたら、すでに何かが起きているかもしれません」

「そうだな。明日、美術館から搬出される前に確認してみよう」

「どうやって確認します？」

「鑑定士や学芸員を連れて行くところだが、便利なやつがいるじゃないか」

「舎人ですね」

「呼び捨てにするな」

「じゃあ、連絡しておきます」

「頼む」

萩尾は時計を見た。午後七時半になろうとしている。「今日は直帰だ。飯でも食っていくか」

「夕食なら寮で食べます。外食すると、つい食べ過ぎちゃって……。アルコールも控えないと」

「ダイエットか？」

「そうですよ」

「じゃあ、俺もおとなしく帰るとするか……」

「そうですよ。それでなくても、刑事は家を空けがちなんだから、早く帰れるときには帰っておかなきゃ」

たしかに秋穂が言うとおりかもしれない。

萩尾は、渋谷のスクランブル交差点で秋穂と別れ、帰路についた。

「じゃあ、また明日」


翌日も朝から忙しかった。

登庁するとすぐに猪野係長に呼ばれた。

「ハギさん、ダケ松の担当検事が決まった」

生田新一《いくたしんいち》という名の副検事だという。

「検事ではなく、副検事なんですか？」

「ああ。被害額も少ないし、常習犯で自白もあるということで、簡単な事案だと判断されたんだろう」

「はあ……」

地方裁判所に対応するのは、あくまで地検の検事だ。副検事は、区検に配属されて、簡易裁判所に対応する。

略式命令の罰金刑などは、簡易裁判所が扱うため、担当も副検事となることが多い。また、検事はおそろしく多忙なので、軽微な罪については副検事が担当することもある。

その場合、副検事は地裁に起訴できないので、検察官事務取扱副検事という身分となる。

「相手が副検事なら、やりやすいんじゃないのか？」

「いやあ、どうでしょう……」

「若造なら御しやすいだろう」

「逆かもしれませんよ。検事なら自分の裁量で起訴か不起訴かを決められます。でも、副検事となると、どうしても上司や先輩の顔色をうかがうでしょう。起訴の判断はしやすいですが、不起訴の判断は難しいんじゃないでしょうか」

「だが、担当者と話をするしかない」

「そうですね。とにかく会ってみましょう」

猪野係長がうなずいた。

萩尾は席に戻ると、秋穂に生田副検事のことを話した。

「すぐに連絡を取ってみます」

「舎人のほうはどうなった？」

「午前十一時に、当該の美術館で待ち合わせしています。美術館にも連絡済みです」

「わかった」

それから秋穂は、東京地検に電話をした。

いつの間にか頼りになる相棒になった。……というか、最近は楽をし過ぎではないかと思うこともある。秋穂は秘書ではないのだ。

雑用を全部押しつけているわけではないが、秋穂がてきぱきと片づけてしまう。

自分が若い頃はどうだったろうか。組んでいたベテランは満足してくれていたのだろうか。おそらく、そうではなかっただろう。

萩尾は要領が悪く、先輩をいらいらさせたに違いない。

電話を切ると、秋穂が言った。

「向こうも萩尾さんに会いたいと言っていました。目黒署の茂手木係長から何か聞いているのかもしれませんね。今日の午後三時にアポを取りましたが、それでいいですか？」

萩尾は、優先順位を考えてみた。

ダケ松が、すぐに起訴されるということはないだろう。一方、曜変天目は、今日のうちに美術館から運び出されるだろうから、早いうちに真贋を確認する必要がある。

萩尾はこたえた。

「係長の都合を訊いてみるが、おそらくそれでいい」


午前十時十五分頃、舎人が萩尾の席を訪ねて来た。そろそろ美術館に出かける時刻だった。

「じゃあ、行こうか。美術館の最寄りの駅は、東急田園都市線の二子玉川だったたな」

萩尾が言うと、舎人は眉をひそめた。

「捜査車両とか、使わないんですか？」

「二課はどうか知らんが、俺たちは電車やバスを使うんだ。捜査車両なんて割り当てられてないからな」

「わかりました」

贈収賄事件などでは、大量の捜査員をスピーディーに動かさなくてはならない。また、捜索・差押などで大量の荷物を運ぶ必要もあり、二課では車両を使用する機会が多いのだろう。

ドロケイ、つまり泥棒警察と呼ばれる三課はそうはいかない。路地裏を這い回るような捜査に、車両はかえって邪魔なのだ。

電車で移動する間、刑事たちはあまり言葉を交わさない。会話しているうちに、うっかり捜査情報を洩らしてしまう恐れがあるからだ。

だが、舎人ほど無口なのもまた珍しいと、萩尾は思った。彼は、美術館に着くまでまったく口を開かなかった。

美術館を訪ねると、応対で出てきたのは、専属キュレーターの音川理一《おとかわりいち》という人物だった。見たところ、三十代半ばだ。すらりと背が高く細身だ。前髪が長いので、陰気な印象がある。

キュレーターというのは、日本では学芸員とほぼ同じ意味で使われている。特に展示会などの企画をする権限を持つ学芸員を指すことが多く、美術品の補修などの技術を持っていることも少なくない。

もちろん美術品などに関する、すぐれた鑑定眼を持っている。

「曜変天目をご覧になりたいということでしたが……」

音川が言った。萩尾はうなずいた。

「はい」

「警察の方が、いったいどういう理由で、ご覧になりたいのですか？」

「搬出される前に、曜変天目の真贋を確かめたいと思いまして……」

「真贋を確かめるですって？　いったいどうやって……？」

「ここにいる捜査二課の舎人は、学芸員の資格を持っていまして、なかなかの目利きでしてね」

音川は、ちらりと舎人を見た。

「そうですか。しかし、国宝ですので、お手に取ってご覧になるというわけにはいきませんよ」

「ガラス越しとかで拝見することになるのでしょうか」

「現在は展示されておりませんので、ご覧に入れることはできないのです」

「曜変天目をデパートに搬入するのは今日の予定ですね？」

「いつ移動するかは、秘密のはずです」

たしかに上条は、いつ茶碗が搬入されるか明言はしていなかった。陳列ケースのテストが終了してから搬入されると言っただけだ。

「私たちも警備に関しては責任の一端を担っているのです。特製の陳列ケースの搬入が今日ということですから、それから推測したのですが……」

音川は、無言でしばらく考え込んでいた。

「ええと……。警察の人なんですから、運搬の日時を教えてもいいですよね」

そんな質問をされるとは思っていなかったので、萩尾は戸惑った。

「いやあ、そう訊かれると逆にいいのかなって思いますけど。もちろん、だいじょうぶですよ」

「こういうことは、誰にも言っちゃいけないんですよね。トーケイの久賀さんはご存じですか？」

「ええ、警備計画について詳しく聞きました」

「久賀さんに、誰にも言うなときつく釘を刺されているんですが……。警備に関する責任の一端を担っていると言われるのでしたら……」

見た目とは違い、気さくな口調でよくしゃべる。

萩尾は、もう一度尋ねた。

「曜変天目を運ぶのは、今日なんですね？」

「今日というか、おそらく夜中の十二時を越えるので、正確には明日の未明ということになると思います」

「時間は未定なのですか？」

「決めないことにしています。あらかじめ時間を決めていると、その情報が洩れた場合、危険になりますので……」

「なるほど」

「あの……、なんでも大物故買屋が、曜変天目を狙っているらしいということなんですよね」

「正確に言うと、その故買屋が盗みを働くわけではないと思います。誰かが、曜変天目を盗み出し、故買屋がそれをさばくということです」

「曜変天目が狙われているというのは、間違いないんですか？」

「実は、確かな情報はありません。大物故買屋が近々大きな仕事をするという情報があるだけです。その故買屋は、特に焼き物に詳しいんです。そして、曜変天目が目玉となるイベントが開かれる。これが偶然とは思えないし、警察としては偶然だと考えてはいけないと思います」

「それで、ここに保管されている曜変天目が本物かどうかお知りになりたいと……」

「大物故買屋に関する情報が本当だとしたら、すでに彼の手に品物が渡っている可能性もあるわけです」

「それはつまり、ここにしまってある曜変天目が偽物だということですか？」

「ですから、それを確かめたいのです」

「困ったなあ……」

音川は、頭をかいた。「展示会とかのときでないと、公開できないんですよ」

「ここで確認しておかないと、あとで後悔することになるかもしれませんよ」

音川は、顔をしかめた。

「脅かさないでくださいよ。それ、ここにある曜変天目が偽物とすり替えられたりしたときのことでしょう？」

「そういうことがないとも限りません。現時点で曜変天目が本物であることを確認しておけば安心でしょう」

音川は、再び考え込んで「困ったなあ」と繰り返した。

やがて、彼は言った。

「わかりました。本物であることが確認できればいいのですね」

「そうです」

「こちらへどうぞ」

萩尾たちは、応接室に案内された。漆黒のテーブルに、ゆったりとした革張りのソファ。いかにも高そうな調度ばかりだ。

そこでしばらく待たされた。その間も、舎人は口を開かなかった。ぼんやりと、壁にかけられた油彩画を眺めている。

萩尾は尋ねた。

「有名な作品なのか?」

舎人は、絵を見たままこたえた。

「いえ、特に有名というわけではありませんが、いい作品だと思いまして……」

萩尾が見ても、その価値はよくわからない。変哲のない花瓶と百合の花を描いた静物画だが、たしかに言われると、独特の力強さがある。

十分近く待たされ、ようやく音川が応接室にやってきた。彼はジュラルミン製と思われる金属のケースを捧げるように持って来た。

それをテーブルの上に置く。そのケースの中から、変色した木製の箱が現れる。音川は、手袋をした手で、慎重にその木製の箱を十字にしばってある紐を解いた。

上蓋をそっと取る。中から現れたのは、萩尾が写真でしか見たことがない曜変天目茶碗だった。思わず息を呑んだ。漆黒の地肌に浮かび上がる斑点は、まるで宇宙に点在する星雲のようだ。

音川は、その茶碗をそっと両手で包むようにして鑑定した。それから、それをテーブルの上に置くと、舎人に言った。

「どうぞ」

舎人もいつの間にか白い手袋を着けていた。

「失礼します」

舎人は、テーブルの上に置いたまま茶碗に顔を寄せて観察した。それから、離れて全体を眺める。

手に取り、仔細に眺め、高台をあらためる。やがて、舎人は曜変天目をテーブルに戻した。

萩尾が尋ねた。

「もういいのか？」

「はい」

音川が舎人に尋ねた。

「それで、いかがです？」

「間違いなく本物ですね」

音川が満足げにうなずいた。

「そうでしょう。私もあらためて確認させていただきました。この曜変天目は本物です」

萩尾は音川に言った。

「どうもお手数を取らせまして、申し訳ありませんでした。これで、美術館にある曜変天目は本物だという確認が取れました」

「これでもう、出発まで誰かが来るということはないですね？」

萩尾はこたえた。

「ないはずです。もし、トーケイの担当者以外の誰かが何かを言ってきたら、警察にご一報いただけますか」

「わかりました」

音川は、開いたときと同様に、慎重に曜変天目を箱にしまい、さらにそれを金属のケースに入れた。

舎人が音川の手もとを、名残惜しそうに見ている。

萩尾は言った。

「では、我々はこれで失礼します」

音川がこたえた。

「どうも、ごくろうさまでした」

美術館を出ると、秋穂が言った。

「あの人も、変な人でしたね」

萩尾は聞き返した。

「変な人？」

「ぱっと見はとっつき悪いのに、しゃべるとずいぶんと人当たりがよくて……」

「人は見かけじゃわからないってことだろう」

「なんだろう……。ちぐはぐなんだけど……」

「ちぐはぐ？　どういうことだ？」

「印象と話していることが一致しないんですよ。なんだか、ドラマか何かの演技を見ているような気がしました」

秋穂のこうした意見はあなどれない。

「音川が演技しているということか？」

「うーん……。そうは言い切れないと思うんですけど……。少なくとも、人付き合いで、苦労をしているんじゃないかって思います」

「人付き合いで苦労をしている……？」

「たぶん、もともと音川さんは、舎人さんと同じようなタイプなんだと思います。凝り性で、とことん突き詰めないと気が済まないタイプです。二人とも、対人関係はあまり得意じゃないようです。でも、他人に対してまったく異なった対応をします。舎人さんは、他人に無関心で、積極的に関わろうとはしませんが、音川さんは、無理をしてでも関係を築こうとする……」

舎人が言った。

「勝手に分析しないでほしいね」

萩尾は言った。

「こうして人間を観察することも、刑事には大切なことなんだ」

舎人は、何もこたえず、ただ肩をすくめただけだった。

どうやら、秋穂は音川のことを気にしているようだ。それはなぜかわからない。おそらく、本人にも理由はわかっていないのではないだろうか。

だが、こうしたひらめきというか、ひっかかりというか、些細なことを無視しないことが、刑事にとって大切なのだ。

萩尾は、音川について秋穂が言ったことを、しっかりと覚えておくことにした。

11

午後三時五分前、萩尾は猪野係長、秋穂とともに、霞ヶ関の東京地検にやってきた。生田副検事に会うためだ。

小会議室に案内され、しばらく待たされた。午後三時を五分ほど過ぎた頃、生田はやってきた。若い男だ。三十代前半、もしかしたら、二十代かもしれないと、萩尾は思った。身長は低いほうだ。そして、どちらかというとやせ型だ。

入ってくるなり、彼は言った。

「捜査三課の方々ですね」

口調に威圧感がある。

猪野が言った。

「第五係の猪野です。こちらは萩尾と武田」

若い男がうなずいて言った。

「逮捕された窃盗犯について、何か意見があるということですね。検察が特に求めた場合以外は、警察官の意見は聞かないのですが、今回は聞いておこうと思いました」

やはり上に立ってものを言いたがるタイプだ。いわゆる〝上から目線〟というやつだ。

検事も、ベテランになるほど立場をわきまえる人が増えてくる。逆に、若いと自分の権限に頼ろうとする者が多い。

萩尾はそんな気がしていた。

さらに、若い検事ほど使命感に燃えているものだ。そのやる気が空回りすることもある。

萩尾は言った。

「話をする前に、あなたがどなたなのか、教えていただけますかね」

相手は、萩尾を睨んだ。

いや、睨んだわけではないかもしれない。眼力が強いので、睨んだように見えるようだ。

彼は言った。

「生田です。名前は聞いていると思っていました」

「たしかに、担当者の名前は聞いていました。しかし、あなたがその担当者かどうかわからなかったもので……」

生田は言った。

「私が担当者です」

「副検事でいらっしゃいますね。……ということは、普段は区検で簡易裁判所を担当されているということですね」

「はい。普段は、隅田分室におります。しかし、地検の仕事は何度もやったことがあるので、慣れています。その点はご心配なく」

「別に心配はしておりません」

「では、説明していただきましょう。窃盗犯について、起訴すべきでないと考えているそうですね」

萩尾は猪野係長を見た。猪野がうなずいた。萩尾が説明しろ、ということだ。

萩尾は生田副検事に言った。

「松井栄太郎、通称ダケ松は、誰かをかばっていると、私は考えています。あの仕事をやったのは、松井栄太郎ではありません」

「しかし、手口は明らかにその窃盗犯のものであり、自白もしているということですよね」

「その自白が、嘘だと私は考えています」

「その根拠は?」

「一つは、職質を受けて逃走を図ったという事実です」

「犯人だから逃げようとしたのでしょう」

萩尾はかぶりを振った。

「ダケ松は、ムショに入りたがっているのです。三食寝床付きで、病気になっても心配がない。彼らにとっては娑婆よりもずっと楽ができるんです。そんなダケ松が、職質を受けて逃走を図る理由は一つだけです。捜査員の眼を誰かに向けさせまいとしたのです」

「でも、本人はそうは言っていません」

「誰かをかばっているのだから、当然本人は、そうは言いません」

「誰をかばっているかわかっているのですか?」

「おそらく、彼の弟子だと思います」

「人物は特定できているのですか？」

「いえ、それは……」

「それでは話にならない。手口は一致しているし、本人の自供がある。起訴しない理由はありません」

「でも、彼はやっていないのです」

生田は冷ややかに言った。

「やってもいないのに、逮捕したというのですか」

「職質をしたときに逃走を図れば、身柄を拘束します。しかし、調べが進むうちに、ダケ松はやっていないのではないかと思うようになったわけです」

「その窃盗犯は、常習犯ですね？」

「そうです」

「捜査三課や盗犯係は、常習犯と親密になり過ぎる傾向があると聞いています」

「それは誤解です。情報を収集する目的で接触することはありますが、親密になるわけではありません」

「事実、その常習犯に情けをかけているのではないですか」

「いや、それは……」

萩尾が反論しようとすると、先に秋穂が言った。

「情けをかけているわけではありません。逆です」

生田は、秋穂を見た。そこに彼女がいることに、初めて気づいたような顔をしている。

「逆？　逆とはどういうことです？」

「萩尾が申したように、ダケ松は刑務所に入りたがっているのです。そうすれば、楽ができるからです。それを望む常習犯は少なくありません」

「何度も刑務所と塀の外を行き来している常習犯がいることは知っています」

「つまり、このまま起訴して有罪にすることが、ダケ松に情けをかけたことになるんです。彼は、三食と寝床にありつき、なおかつ大切な弟子を守ることができるわけです」

生田はしばらく考えていた。

萩尾は、彼の次の言葉を辛抱強く待った。やがて生田が言った。

「起訴までに、さらに調べが必要なことはわかりました」

萩尾は、さらに一押しする必要があると思った。

「その弟子というのが、別の犯罪に関与している可能性があります」

「別の犯罪？　それはどんな事案ですか」

「おそらく、渋谷のデパートで催される中国の陶磁器展で、目玉として展示される茶碗が盗難にあうのではないかと……」

「茶碗……？　どのような茶碗です」

「曜変天目と呼ばれるもので、世界に四点しかなく、そのすべてが日本にあります。三点が国宝、一点が重要文化財に指定されています。デパートに展示されるのは、国宝の一つです」

「国宝が盗まれるというのですか？」

「その計画が進んでいる恐れがあります。大物故買屋の八つ屋長治が動いているとの情報を入手しておりまして……」

「その計画に、当該窃盗犯の弟子という人物が、どう関わっているのですか？」

「それも不明なのです」

「あなたが言っていることには、不確実な要素が多すぎますね。この事案で、現在確実なのは、二点だけ。手口と自白です。だとすれば、起訴が妥当だと思います」

「起訴すれば、有罪率は九十九パーセントを超えます」

「それはよくわかっています」

「ですから、慎重になるべきだと思います」

「あなたがたは、単純な事案を、故意に複雑にしようとしていませんか」

「単純な事案ではないと、私は思っています」

「デパートで展示される茶碗の盗難が絡んでくるということですか？」

「そうです。ダケ松を泳がせれば、必ず弟子と接触する。そうすれば、国宝の盗難を未然に防ぐことができると思います」

「国宝を展示するのですから、警備態勢は万全なのではないですか」

「もちろん、万全を期しております」

「ならば、わざわざ当該窃盗犯を泳がせて、弟子と接触させる必要などないのではないですか?」

「八つ屋長治が、どんな計画を立てているかわからないのです。念には念を入れた警備態勢と防犯態勢が必要だと思います」

生田は、また考え込んだ。それから言った。

「それでも、起訴しないという決定を下すことはできませんね。起訴をくつがえすような物的証拠か証言が必要です」

「それがあれば、こうして検察官に会いに来たりはしません。私たちの意見を考慮し、賢明なご判断をいただきたいのです」

生田はかぶりを振った。

「相当の理由があり、逮捕したのでしょう。それについて、起訴しないという判断を下すためには、根拠が必要です」

「自信がないのですね」

秋穂が言った。

萩尾と猪野係長は、無言で生田の反応を見つめた。

生田は、むっとした表情で秋穂を見返した。

「自信がないというのはどういうことでしょう?」

秋穂はさらに言った。

「送検されたものを起訴するのは簡単です。起訴してしまえば、有罪率は九十九パーセント以上。煩雑な作業もなく、それでこの事案は片がつきます。一方、起訴猶予や不起訴にするには、上長を説得したり、裁判所に説明をしたりと、いろいろと面倒なことがあり、さらに判断力が求められます。責任を負うことも必要です。その自信がないのだろうと、想像したわけです」

よく言ったと、萩尾は心の中でほめてやった。

同じことを萩尾が言っても、生田はおそらく鼻で笑うだけだろう。だが、若い女性に言われると黙っていられないだろう。

案の定、生田の顔色が変わった。

「自信とかの問題ではありません。公正な手続きが必要だと言っているのです」

「でも、ダケ松はやっていないんですよ」

「ならば、どうして逮捕・送検したのです?」

秋穂の代わりに、猪野係長が言った。

「怪しいものは捕まえます。そのすべてが正解なわけじゃない。だからこそ、何段階かチェックするための仕組みがあるんでしょう。逮捕状の執行、送検、起訴、そして裁判。すべて、拘束した人物が本当に犯罪者かどうかをチェックする仕組みですよね。それが充分に機能していないとしたら、司法制度自体への信頼が危うくなります。そうでしょう」

「検察官相手に、司法の信頼について説くおつもりですか?」

「相手が誰であろうと、言うべきことは言いますよ」

猪野係長が言った。「私どもも、司法にたずさわっているのですからね」

生田は悔しそうな表情になった。

最初の自信に満ち、こちらを見下した態度とは大違いだ。

あまり追い詰めると、意固地になりかねない。そう思った萩尾は言った。

「ダケ松の犯行だという確証も、実はないんですよ。確実な証拠と見られているのは、彼の自供だけです。ここはひとつ泳がせるのも手だと思います。おそらく、本ボシはその弟子なんです」

「それをかばっているのだという話はすでに聞きました」

「ええ。ですから、ダケ松が弟子と接触すれば、両方をお縄にできるかもしれません。ダケ松は共犯です」

「どうして共犯だと言えるのです？」

「今回の仕事は、おそらく仮免後の路上教習みたいなもんです」

「路上教習？」

「そうです。弟子がダケ松の手口を学び、実際に盗みに入るというわけです」

「共犯ということは、ダケ松も現場にいたということですね？」

「現場にいなければ、ちゃんと手口を確認できなかったでしょうからね」

生田は視線を、萩尾から猪野係長に移し、また萩尾に戻した。それから言った。

「では、こうしましょう。もし、今回の事案がダケ松の犯行ではないということが納得できれば、起訴はせずに釈放することにします。どうですか？」

猪野係長と秋穂が、萩尾を見た。萩尾は言った。

「わかりました。本来これは、刑事がやることではないですが……」

「どうするというのです？」

「ディンプルキーの錠をピッキングで解錠させます」

「ディンプルキー……？」

「ええ。犯行現場となった住宅の裏口の錠はディンプルキーを用いるものでした。そこにピッキングの跡がありました」

「どういうことですか？」

「ダケ松がディンプル錠をピッキングで解錠できなければ、今回の事案は彼の犯行ではないということになります」

猪野係長が不安そうな顔になった。

生田は言った。

「わかりました。すぐにやってみましょう」


ディンプルキーを使用する錠のサンプルが東京地検の会議室に運ばれてきたのは、午後四時半のことだった。

横十センチ、縦二十センチほどの板に、錠前を取り付けたものだ。それを、直立させて固定させてある。

その部屋にダケ松を連れてきた。部屋には、生田、萩尾、猪野係長、秋穂、そしてダケ松を連れてきた刑務官がいる。

ダケ松が、目をぱちくりさせて言った。

「ハギさん。いったい何の真似だ」

萩尾が言った。

「おまえさんに、その錠を開けてもらおうってんだ」

「何のために……」

「これが、おまえの罪を証明することになるんだ」

ダケ松は、錠のサンプルを見て言った。

「ディンプルキーだな」

「ピッキングの道具は用意してある。テンションとピックだ」

ダケ松は再び尋ねた。

「だから、何の真似だと訊いてるんだ」

「目黒の件が、本当におまえさんの仕業だということを確認したいだけだ。この錠は、あの現場とほぼ同じものだ」

ダケ松は、ふんと鼻で笑った。

「くだらねえな。こんなことをして何になる。間違いなく俺がやった仕事だ。妙なケチをつけねえでくれ」

「だったら、それを証明してくれ」

ダケ松は、錠のサンプルを見つめた。そして、ピッキングツールを見た。

萩尾が言った。

「さあ。さっさとやろうぜ。この錠を見事にピッキングで開けて見せてくれたら、ここにおられる副検事がすぐに起訴手続きを進めてくれるとおっしゃっている」

ダケ松は、ちらりと生田を見た。生田は、無表情にダケ松を見返していた。

やがて、ダケ松が、テンションとピックを手にした。それを確かめている。

「使い慣れた道具がいいな。俺の道具を持って来てくれ」

「弘法筆を選ばずって言うじゃないか。それはスタンダードなピッキングツールだ。それでやって見せてくれ」

ダケ松は、いったん手にしたピッキングツールをテーブルの上に置き、ディンプルキーを手にした。それを鍵穴に差し込み、施錠した状態にした。

キーを抜くと、再びテンションとピックを手にして、鍵穴に挑んだ。

まずテンションを差し込み、鍵穴に回転力をかける。そうしておいて、ピックを鍵穴に差し込み、何度も引っ掻くように動かした。

しばらくそれを続ける。

萩尾は、その様子を見つめていた。

どれくらい経ったろう。ダケ松が苛立ちの表情を浮かべた。

ピックの動きは止まらない。だが、テンションはなかなか回転しない。

三分が過ぎ、やがて五分が過ぎた。

萩尾が言った。

「ダケ松……。そんなに時間がかかっていちゃ、誰かに目撃されちまうぞ。忍び込むのは無理だ」

ダケ松は、手を止めた。そして、ピックとテンションを鍵穴から抜き出した。

「やっぱり、俺の道具じゃなきゃうまくいかねえ」

萩尾はダケ松に言った。

「自分の道具なら開けられるというのか？」

「ああ、間違いなく開けられるよ」

萩尾は、秋穂に目配せした。秋穂が、ダケ松のピッキングツールを持ってくる。逮捕時に所持していたものだ。

萩尾がダケ松にそれを差し出して言った。

「さあ、じゃあ、やって見せてくれ」

「最初から、そいつを出してくれればいいんだ」

ダケ松は、自分のピッキングツールを受け取り、再び鍵穴に向かった。だが、結果は同じだった。五分経っても解錠できない。

萩尾は言った。

「どうやら、だめなようだな」

ダケ松は、肩を落として言った。

「ふん。今日は調子が悪いんだ」

「ディンプル錠も、バンピングなら簡単に開けられるんだろうがな……」

ダケ松は救いを求めるように、顔を上げて萩尾を見た。

「そうなんだ。俺はバンピングをやるんだよ」

バンピングは、ピッキングツールではなく、加工した鍵を使い、それにある種の衝撃を与えることで解錠する方法だ。ほぼすべてのシリンダーキーに有効だと言われている。

萩尾は言った。

「だがな、現場の裏口には、はっきりとピッキングの跡が残っていたんだよ」

ダケ松は、萩尾を見つめている。萩尾は、目をそらして言った。

「つまり、あの仕事はおまえがやったんじゃないということになる」

12

刑務官に連れられて、会議室を出て行くダケ松の姿を、萩尾は複雑な思いで見ていた。

秋穂が生田に言った。

「これで、ダケ松の犯行でないことが証明されたことになりますね」

生田がこたえた。

「自供と手口。それに対する反証としては、少々不充分という気がします」

秋穂が反論しようとするのを、片手を上げて制して、生田が言葉を続けた。

「しかし、起訴するに充分な要件を満たしているかといえば、それも疑問に思えてきました」

秋穂が、あきれたように言う。

「ダケ松の犯行ではないということが納得できれば、起訴はしないとおっしゃったでしょう」

「ですから、起訴はしないことにします」

萩尾が確認するように言った。

「ダケ松は不起訴で釈放ということですね」

生田が言った。

「そうです」

萩尾は、ほっとした。生田は、それ以上何も言わず、会釈もせずに会議室を出て行った。負け惜しみの一つも言いたいのだろうが、それも大人げないと思ったに違いない。

あるいは、不起訴と決めた瞬間から、もうダケ松にも萩尾たちにも関心がなくなったのかもしれない。

秋穂が、生田が出て行った出入り口を見つめたまま言った。

「あの副検事、結局、ダケ松とも松井とも言いませんでしたね」

萩尾もそれに気づいていた。名前を呼ばず、当該窃盗犯という言い方をしていた。

「名前を言わないことが公正さの証しだとも言える」

「そうですかね。人を犯罪者としてしか見ていない、という感じでしたけどね」

猪野係長が萩尾に言った。

「何だか、妙な気分だな。俺たちゃ普通、被疑者の犯行を証明するんだが、やってないことを証明するなんて……」

萩尾はうなずいた。

「俺も同じ気分ですよ。だから言ったんです。刑事のやることじゃないって」

秋穂が言った。

「でも、これで冤罪も防げたし、ダケ松を泳がせることもできるんです。一歩前進じゃないですか」

萩尾は言った。

「たしかに、武田の言うとおりです」

猪野係長が言う。

「そうだな。だが、驚いたよ。ハギさんが、ダケ松に錠前破りをやらせようと言い出したときは……。まさか、ダケ松がディンプルキーの錠を開けられないとはな……。ハギさん、知ってたのか？」

「いえ、こいつは賭けでした」

「賭けだって……」

「ええ。ダケ松が鍵福のもとで修行したのは、ずいぶん昔のことです。その当時は、ディンプルキーなんてありませんでした。もちろん、ダケ松も、その後独自に修行を積んだでしょうが、年を取るに連れて錠の開発に、ピッキングの技術が追いつかなくなっていくはずだと考えたんです」

秋穂が言った。

「錠前破りの専門家なら、当然ディンプルキーにも対応しているはずですよね」

「ああ。だが、ダケ松は錠前破りが専門なわけじゃない。あくまでも、獲物がどこにあるかを一発で当てるというのが、あいつの技術なんだ。どうしても錠前のほうはおろそかになるはずだ」

猪野係長が言った。

「まあ、その賭けに勝ったわけだが、なんともきわどい勝負だったな」

「さて、問題は、これからです」

萩尾は猪野に言った。「ダケ松が、弟子と接触するところを押さえなければなりません」

「そうだな。その瞬間を逃したら、やつを泳がせる意味がない。所轄の協力も必要だ」

萩尾は言った。

「これから目黒署に行って、話をしてきます」

「俺も行こうか？」

「いえ、俺たちだけで行ったほうがいいでしょう」

「おそらく、所轄の係長は、まだへそを曲げているだろう。不起訴になったと聞いたら、ますます機嫌を悪くするかもしれない。そういうときは、上司を使うもんだぞ」

「上から押さえつけるようなことをすれば、茂手木係長は、ますます反発するでしょう。話をしてみますよ。どうしてもだめだったら、お願いします」

「わかった」


東京地検を出ると、萩尾と秋穂は、目黒署に向かった。

茂手木係長に会うのは気が重かったが仕方がない。ダケ松を泳がせようというのは、萩尾が言い出したことなのだ。

嫌なことは、さっさと済ませてしまいたい。それに、ダケ松の監視態勢を構築するのは急務だ。

目黒署の強行犯係を訪ねると、茂手木が萩尾たちを一瞥して、すぐに目をそらした。萩尾のほうを見ようとしない。

萩尾は、つとめて冷静な口調で言った。

「ダケ松が不起訴になった。この先のことを相談したい」

茂手木が、萩尾の眼を見ずに言った。

「せっかく捕まえたホシが無罪放免だ。この先に何があるっていうんだ」

「説明しただろう。本ボシは、きっとダケ松の弟子だ。ダケ松だけじゃなく、その本ボシもいっしょに捕まえるために、いったん娑婆に出したんだ」

茂手木が萩尾を見た。

「簡単に言うがな、身柄を押さえるってのは、たいへんなことなんだ。泳がせるつもりで娑婆に出しても、そのまま姿をくらましてしまうかもしれない」

「そういうことがないように、監視態勢について話し合いたいんだ」

「そっちが決めたことだ。監視もそっちでやればいい」

「もちろん、うちの係員が尾行や張り込みをやる。だが、それだけじゃ手が足りない。所轄の助けが必要なんだ」

「虫のいい話だな。こっちのやり方は無視するくせに、人が足りないから手を貸せってのか?」

萩尾は頭をかいた。

「まあ、そういうことになるな……。面白くない気持ちはわかるが、なんとか助けてくれないか。ダケ松とその弟子を逮捕できたら、もちろん目黒署の実績にする」

「俺は手柄がほしいわけじゃないんだ。所轄が虚仮《こけ》にされるのが我慢ならないんだ」

「わかってる。だがな、所轄だ本部だという問題じゃないんだ」

「じゃあ、何だと言うんだ」

「俺は、本当のことが知りたい。そして、本当のホシを挙げたい。ただ、それだけのことだ。俺のやり方が不愉快だと言うのなら謝る。だから、冷静になって考えてみてほしい。本当にダケ松が犯人だと思うかどうか。ちゃんと考えれば、俺が言っていることがわかってもらえるはずだ」

茂手木は目をそらした。

「係員たちの士気が上がらないんだよ。せっかく捕まえたホシが不起訴になるなんてな……。それなのに、同じやつを尾行・張り込みするなんて……。係員たちに何と説明すればいいんだ」

「ありのままを説明すればいいと思う。もし、起訴して、ダケ松をムショにぶちこんだらあいつの思惑どおりだ。あいつは、やってもいないのに、ムショでただ飯を食い、本ボシである弟子をかばうことができるんだからな」

茂手木は、考え込んだ。

萩尾はさらに言った。

「ダケ松は、必ず本ボシと接触する。接触するだけじゃなくて、さらに二人で仕事を続けるだろう」

「逮捕されたんだ。しばらくはおとなしくしてるんじゃないのか」

萩尾はかぶりを振った。

「やつは生活に困っている。仕事をするしかないんだ」

茂手木は、さらに考え込んだ。

萩尾は、今度は何も言わず、茂手木の言葉を待つことにした。

やがて、茂手木は言った。

「まあ結局、本部の言うことには逆らえないんだよな」

「本部が、というより、俺が言っていることなんだがな……」

茂手木は、溜め息をついた。

「ハギさん相手に意地を張っていても仕方がない。それで、俺たちにどうしてほしいんだ？」

「釈放された瞬間から、うちの係の者が尾行を開始する。連携して、張り込みのローテーションを組んでほしい」

「ダケ松に張り付いていればいいんだな？」

「そういうことだ」

「わかった。そいつはお安いご用だ」

「そして、ダケ松が接触する相手を洗うんだ。その中に必ず本ボシがいる」

「それをお縄にするのは、俺たちの役目なんだな？」

「ああ、そうだ」

茂手木はうなずいた。

それから、秋穂を含めて三人で、具体的な尾行・監視のローテーションを組んだ。その作業が終わったのが午後六時だった。

萩尾は、その旨を電話で猪野係長に伝えた。

「わかった」

猪野係長は、言った。「ダケ松は、明日の朝九時に釈放されることになった。ハギさんが言うとおり、うちの係で尾行を始めよう。連絡先は目黒署の盗犯係長でいいんだな？」

「俺も参加しますよ」

「いや、ハギさんは、ダケ松に顔を知られている。やつと関わりのない捜査員をそろえる」

「すみません」

「その代わり、渋谷署のイベントのほうを頼む」

「了解しました」

電話が切れると、萩尾は茂手木に言った。

「ダケ松の釈放は、明日の午前九時だ。さっき言ったように、本部の係員が尾行を開始する」

「連絡は直接、俺に入れてくれ。そうすれば、本部とうちの係が連携できる」

「すでにそういう態勢になっている」

「現行犯逮捕できるかもしれない。そうなれば、不起訴にはならんだろう」

皮肉かもしれないと思ったが、萩尾はうなずくことにした。

「そうだな」

目黒署をあとにすると、萩尾と秋穂は、渋谷署に向かった。

渋谷署盗犯係の林崎係長は、いつものべらんめえ調で言った。

「おう、ハギさん。ちょうど今、連絡しようとしていたんだ」

「どうした」

「デパートから連絡があってな。曜変天目の搬入の時間が決まった。今日の深夜、正確には明日の未明、午前一時だ」

「午前一時……。また、ずいぶんな時間だな……」

「特製の陳列ケースのセッティングに時間がかかるんだってんだ。搬入して設置して、装置を稼働させ、テストする。陳列ケースが完璧になってからでねえと、曜変天目を搬入することはできねえ」

「それはそうだな……」

秋穂が言った。

「それに、デパートの模様替えは深夜にやるのが普通ですよ」

「そうだな……」

萩尾が言った。「営業時間外にセッティングするんだから、当然そうなるな」

林崎係長が言った。

「俺も立ち会うつもりだ。ハギさんはどうする?」

「もちろん、俺も立ち会おう。署の警備関係は?」

「警備係が臨場する予定だ」

「あまり人が多くても、邪魔になるだけだな……」

「その点は考慮してるよ。うちの係からは俺を含めて三名。警備係からも若干名が臨場する」

「わかった」

「デパートの担当者から、捜査二課のやつが現場に顔を出したと聞いたが、どういうことでえ？」

「ああ……。舎人というやつでな……」

萩尾は、舎人のことを林崎に説明した。話を聞き終わった林崎が言った。

「二課なのに八つ屋長治の噂を知っていたというんだな？」

「そうだ。だが、舎人の関心は、あくまでも贋作師だ」

「詐欺事件として挙げるつもりか……」

「そういうことだ」

「それにしても、学芸員の資格を持っていて、けっこうな目利きだってんだろう？　そいつぁ、便利なやつだな」

「便利だが、妙なやつなんだ。いつも一人で行動してるしな」

林崎は肩をすくめた。

「二課ってのは、わかんねえやつらだよ。刑事のくせに、なんだか公安みてえな連中だぜ」

たしかに林崎が言っているような雰囲気がある。二課の連中は、捜査一課とはまた違った独特のエリート意識を持っている。

「まあ、舎人がいれば、常に展示品が本物か偽物か確認できて、たしかに便利だがな……」

「そいつも、曜変天目の搬入に立ち会うのか？」

「立ち会って真贋を確認することになっている。搬入の時間を教えてやらなければな……」

萩尾は、秋穂を見てうなずきかけた。

秋穂は、気乗りがしない様子で携帯電話を取り出した。舎人に連絡するのだ。

林崎が萩尾に尋ねた。

「その後、八つ屋長治の件で、何か情報は？」

「ない。だが、ダケ松のほうで動きがあった」

「動き……？」

「ダケ松は不起訴になった。明日の朝九時に釈放されるので、うちの係と目黒署とで張り付くことになっている」

「ダケ松は弟子をかばっていて、その弟子が八つ屋長治の計画に関わっているかもしれねえってことだったよな？」

「俺はそう読んでいる。ダケ松に張り付くことで、必ず進展があるはずだ」

「そう願いたいね。とにかく、無事にデパートのイベントが終わってほしい」

「無事に終わらせなきゃならない」

そのとき、秋穂が携帯電話を切った。萩尾は尋ねた。

「連絡は取れたか？」

「取れました。まったく、あいつは礼儀も知らないんですかね」

「どうした？」

「曜変天目の搬入時間を教えたら、ただ一言、『そうですか』ですって。礼も言わないんです」

「おまえさんとは反りが合いそうにないな」

「反りが合わないどころか、一番苦手なタイプかもしれません」

林崎がにやにやと笑いながら言った。

「そういうのが、付き合ってみると、案外と長続きするんだぜ」

秋穂が驚いたように言った。

「付き合うだなんて、百パーセントあり得ません」

林崎は笑顔のまま、萩尾に言った。

「一時までどうする？　どこかで時間をつぶすか？」

時計を見ると、午後六時半を過ぎたところだった。萩尾は言った。

「一度帰宅して出直すことにする」

「了解した。じゃあ、午前一時に」

萩尾と秋穂は、渋谷署をあとにした。

秋穂が萩尾に言った。

「今から自宅に戻っても、どうせ三時間くらいしかいられないんですよね」

「そうだな」

「それでも帰るんですか？」

「ああ。なるべく自宅で食事をしたいしな……」

もしかしたら、警視庁本部で時間をつぶしていたほうが楽なのかもしれない。それでも、帰れるときは自宅に戻りたい。

萩尾はそうすべきだと思っていた。秋穂のためにもそのほうがいい。休息は取れるときに取らなければならない。二、三時間でも仮眠が取れれば、肉体的な負担がかなり軽くなるはずだ。

「わかりました」

秋穂が言った。「じゃあ、後ほど……。搬入の時間が午前一時だから、私は三十分前に現場に入ります」

「俺もその時間に行く」

秋穂と別れて、電車で自宅に向かった。

車窓に映る自分の顔をぼんやりと眺めながら、萩尾はふと不安になった。

もしかしたら、ダケ松に弟子がいるというのも、その弟子が八つ屋長治の仕事に絡んでいるというのも、すべて自分の思い込みに過ぎないのではないか。

確かな証拠は何もないのだ。

勘違いだとしたら、とんでもないことになる。暗い車窓に疲れた中年男の顔が映っている。

萩尾はその顔に、心の中で語りかけた。

弱気になっている場合か。

おまえが信じなければ、誰が信じるんだ。迷わずに前に進め。

車窓に映った中年男の顔に、ようやくわずかながら自信が戻ってきた。

13

自宅に戻った萩尾は、すぐに夕食をとり、午後八時から仮眠を取った。いつどこでも、すぐに眠ることができる。これは、警察官になってから身についた習慣だ。

学生の頃は、神経質で寝付きが悪く、しかも眠りが浅いと、自分では思い込んでいた。

警察官になったばかりの頃は、四交代の勤務だった。

つまり、日勤、昼間の第一当番、夜勤の第二当番、そして非番を繰り返す。睡眠を取る時間は不規則になる。この段階で、うまく眠れない者はずいぶんと苦労することになる。

萩尾もそうだった。

眠れずに次の勤務時間がやってくるということもあった。眠れないとひどく疲れるし、集中力も落ちる。

ぼんやりして上司や先輩に叱られることもしばしばだった。

これではいけないとずいぶん悩んだ。眠れないというだけで、人間は追い詰められるものだ。

萩尾は、開き直ることで救われた。どうせ眠れないのなら、眠らなければいい。そう思ったとたんに、眠れるようになった。

目をつむって横になっているだけで、眠ったのに近い効果があると、ある医者がテレビで言っているのを見たのも大きかった。

ただ横になるだけでいい。そう思っていると、かえって眠れるものだ。慣れもある。いつしか萩尾の体は、交代制勤務のサイクルに慣れていた。刑事は日勤なので、交代制勤務より楽かと思いきや、さらに不規則になった。いくつも事案を抱えている所轄の刑事に休む暇はない。

ウチコミと呼ばれる家宅捜索は、夜明けと同時に行われることが多い。深夜まで捜査を続け、夜明けにウチコミだ。

捜査本部ができると、文字通り不眠不休だ。眠れるときに眠っておかないと体がもたない。そういう経験を経て萩尾は、いつどこでも眠れるようになったのだ。

どこでも眠れるし、短時間でも熟睡できる。その習慣を身につけた者が、刑事として生き残ることができると言っても大げさではないと、萩尾は思っていた。

睡眠というのは、それくらいに重要だ。

午後八時から十一時まで、ぐっすりと眠った。目を覚ますとすぐに行動できる。これも、警察官になって身につけた習慣だ。

十一時半には自宅を出て、予定より少し早めの深夜零時二十分には、渋谷のデパートに到着していた。

夜間通用口には、すでにトーケイの警備員たちが配備されていた。萩尾は、身分証を提示して九階の展示会場に向かった。

夜中のデパートというのは、ずいぶんと気味が悪いものだと、萩尾は思った。物陰に何か得体の知れないものが潜んでいるような気がしてくる。

最近は、顔のあるマネキン人形をあまり見かけなくなったが、昔ながらのマネキン人形があったら、もっと不気味だったろう。

会場には、すでにデパート事業部の上条と、トーケイの久賀が来ていた。それに制服姿のトーケイの警備員が二名。

萩尾は久賀に言った。

「警備員の数が少ないように思いますが……」

「要所要所に配備してあります。ここに人員を集中させても仕方がない」

「なるほど……」

「ご心配には及びませんよ。警備態勢は万全です」

「別に心配はしておりません」

上条が萩尾に尋ねた。

「例の目利きの刑事さんはいらっしゃるのでしょうね」

舎人のことだ。上条は舎人が気に入ったのかもしれない。

「来るはずです」

萩尾はこたえた。

彼は曜変天目の真贋を確認しに来るはずだ。でなければ、わざわざ彼を美術館に連れて行った意味がない。

そこに秋穂がやってきた。

「すいません。遅くなりました」

萩尾は言った。

「別に遅くはない。俺がちょっと早かったんだ」

「やっぱり、警戒は厳重ですね」

「そう思うか？」

「ええ。各階の非常口にも警備員がいました」

萩尾はそこまでチェックしなかった。秋穂は、どんどん刑事らしくなっていく。

「少しは寝たのか？」

「ええ、しっかり三時間は寝ました。萩尾さんは？」

「俺も寝た」

渋谷署の林崎ら盗犯係が到着した。総勢で七人だ。彼らは、上条と久賀に挨拶をした。

林崎が萩尾に近づいてきて言った。

「ごくろうさん。二課のやつは？」

「舎人か？　まだ姿を見てないな……」

萩尾は時計を見た。午前零時三十五分だ。まだ、予定の午前一時までは間がある。

林崎が言う。

「ざっと警備の様子を見てきたよ。問題ねえと思うぜ」

「俺もそう思うが、何が起きるかわからんからな」

「うちの捜査員も配備させるが、どこがいいと思う？」

「武田によると、各階の非常口にも警備員がいるということだから、搬入口とこの階の警備を厚くすべきだと思う」

林崎がうなずいた。

「了解だ」

彼は、係員たちを、搬入口に向かう班と会場周辺を固める班の二手に分けた。それから、再び萩尾のそばに戻ってきた。

「ダケ松はどうなったんだ？」

「午前九時に釈放になる。目黒署の茂手木係長がえらくへそを曲げちまってな……。往生したよ」

「そうだろうなあ。せっかくしょっぴいたホシが放免だもんなあ……。だがよ、納得したんだろう？」

「なんとか……」

「心配すんねえ。茂手木は立場上、文句の一つも言っておかなきゃならねえってとこだろう。あいつだって、ハギさんの気持ちはわかっているはずだ」

「そうだといいんだが」

「間違いねえよ。それで、ダケ松と八つ屋長治の関係だが、何かわかったかい」

「いや。まだ何も……」

萩尾は、上条や久賀の様子をちらりと見て、声を落とした。彼らは、離れた場所におり、こちらを気にしている様子はない。

会話は聞かれていないだろう。だが、注意すべきだと、萩尾は思った。どこで誰が聞いているかわからない。

萩尾が声を落としたので、秋穂が近寄ってきた。

萩尾はさらに言った。

「ダケ松と八つ屋長治は、直接の関わりはないと思う。あくまで、ダケ松は弟子のことを気にしているんだ」

「その弟子が、八つ屋長治のところに盗んだ茶碗を持ち込むということだろうか……」

萩尾は首を捻った。

「デパートの催事場から国宝を盗み出すなんて、ダケ松の手口じゃない。やつの手口じゃないってことは、弟子の手口でもないということだ」

「そうだよな……」

林崎が考え込んで言った。「ダケ松は、地味な空き巣狙いだ。こういう派手な仕事は好みじゃねえはずだ」

「だから、ここから曜変天目を盗んで、八つ屋長治のところに持ち込むといった単純なことではないような気がする」

「じゃあ、どういうことなんでえ?」

「それがわからないんだよ」

じっと話を聞いていた秋穂が言った。

「ここから盗み出すからといって、派手な仕事とは限りませんよ」

林崎が秋穂に尋ねた。

「どういうことでえ、お嬢」

「空間に穴がなければ、時間に穴があるんだって、舎人が言っていましたよね」

萩尾が言った。

「だから、呼び捨てにするなって言ってるだろう」

秋穂は、かまわずに続けた。

「この会場から堂々と茶碗を盗み出すのなら、たしかに派手な仕事です。でも、移動の間の警備の隙を狙って、茶碗を盗むとなれば、それは目立たない仕事と言えるんじゃないですか?」

林崎は、萩尾を見て言った。

「お嬢の言うとおりかもしれねえぜ」

「しかし、トーケイの警備計画は、その点も充分に考慮してあるはずだ」

「どんなに厳重な警備でも穴がある。おいらは、盗犯係を長年やってきて、そいつを学んだんだ」

「たしかに、そのとおりだが……」

萩尾は、会場の中を見回していた。トーケイの警備態勢は、久賀が言ったとおり万全に見える。ここから何かを盗み出すのは不可能に思える。

秋穂が言った。

「私たち、曜変天目が盗まれると思い込んでいますが、それって、別に根拠はないんですよね」

林崎と萩尾は、その言葉に、顔を見合わせていた。

秋穂の言葉が続いた。

「曜変天目に気を取られているうちに、何か別なものを盗まれるんじゃないでしょうか。曜変天目以外にも値打ちものはあるはずでしょう？　例えば、保管所で見た、景徳鎮民窯の古染付とか……」

「たしかに……」

萩尾は言った。「あの古染付も、一千万円はするだろうな」

林崎が眉をひそめた。

「一千万円か……。手間暇かけるにしては、微妙な値段だな……」

「それが焼き物の特徴なんだ。かさばるし、重くて壊れやすい。そして、その割りに値段がつかない。宝石なんかに比べれば、故買屋も扱いにくいはずだ」

「だが、八つ屋長治は、焼き物が好みなんだろう」

「だからこそ、曜変天目以外は眼もくれないと、俺は思う。曜変天目が展示されている会場から、それ以外の陶器を盗み出したところで、八つ屋長治が興味を抱くはずがないんだ」

「なるほどな……」

林崎が言った。「やつは、たしかに焼き物好きだが、商売となりゃあ、やっぱ扱いやすい貴金属のほうに手を出すだろうぜ。そのほうがずっと効率がいいしリスクも少ねえ」

萩尾はうなずいた。

「だが、曜変天目となれば、話は別だ。そして、それだけの焼き物をさばけるのは、おそらく八つ屋長治しかいない」

「そうだな。やっぱりやつらの狙いは、曜変天目以外には考えられねえな……」

「俺はそう思う」

秋穂は何も言わない。どうやら納得したようだ。

「搬入はまだですか?」

会場出入り口のほうで声がした。萩尾はそちらを見た。舎人だった。

彼は、特製の陳列ケースを見ていた。

「あいつが二課の舎人ってやつかい?」

林崎が萩尾に尋ねた。

「そう」

「ふん。挨拶もなしか」

林崎の言葉に、秋穂がうなずく。

「そういうやつなんです」

萩尾が舎人に言った。

「紹介しておこう。こちらが渋谷署盗犯係の林崎係長だ」

「どうも」

舎人は軽く頭を下げた。

そしてまた、陳列ケースのほうに眼をやった。

「あのですね」

その態度を見て、秋穂が言った。「所轄の係長なんですよ。ちゃんと挨拶したらどうです？」

舎人は、驚いたように秋穂を見て、それから、あらためて林崎のほうを見た。そして、頭を下げて言った。

「捜査二課の舎人です」

林崎がうなずき返す。

舎人は秋穂を見て言った。

「これでいいですか？」

秋穂は、憤然としたまま言った。

「まったく……。子供じゃないんだから……」

秋穂がいなければ、俺が同じことを言っていたかもしれない。

萩尾は、そんなことを思っていた。

舎人は、やはり一人でやってきていた。贋作師の件は二人で捜査していると、彼は言っていた。

もう一人はどうしたのだろうと、萩尾は思った。

林崎が、小さくかぶりを振っている。あきれているのだろう。

萩尾や林崎の年齢になると、最近の若い者は礼儀がなっていないなどと言いがちだ。だが、萩尾は、「最近の若い者」とひとくくりにしてはいけないと思っている。

あくまでも人によるのだ。

ちゃんと躾《しつけ》をされていない若者も目立つが、それは本人の責任ではない。親にちゃんと教育を受けた若者は幸運なのだ。

舎人は、対人関係があまり得意ではないはずだと、秋穂が分析した。そのとおりだろうと、萩尾は思う。

こんなに愛想がなくては、人付き合いがうまくいくはずがない。あるいは、対人関係がうまくいかないので、無愛想になってしまったのだろうか。

いずれにしろ、これでは損をするだろうと、萩尾は思った。

そのとき、久賀が言った。

「下に車が着いたようです」

いよいよ来たか。

久賀は余裕の表情だ。林崎も、それほど緊張していないように見える。

彼らはプロだ。プロは緊張をコントロールできる。もちろん、萩尾もそうだった。

舎人はどうだろうと思い、様子を見た。

まったく緊張した様子はなかった。それどころか、ぼうっとしているようにさえ見える。こいつはもしかしたら、けっこう大物なのかもしれない。

萩尾はそんなことを思っていた。

昨日と同じような金属のケースを両手で抱えて、美術館のキュレーターの音川が会場にやってきた。彼の前に一名、後ろに二名、トーケイの警備員が付いている。

音川も落ち着いている。この場で、緊張を露わにしているのは、上条だけだった。

萩尾が、音川に言った。

「では、曜変天目が本物かどうか確認させてもらいましょう」

音川が、金属のケースを手にしたままこたえた。

「陳列ケースに収めてから確認するという約束でしたね。先にその作業をさせていただきます」

萩尾はうなずいた。

久賀が言った。

「では、陳列ケースに曜変天目を収納してください」

音川は、陳列ケースの後ろ側に回り込んだ。三人の警備員が彼を取り囲んだ。万が一、今強盗が侵入してきても、彼らが身をもって音川と曜変天目を守るだろう。

音川は鍵を取り出し、金属のケースを開いた。いつしか、萩尾たちは彼を取り囲むようにしてその様子を見つめていた。

そして、彼らも警備員と同様に、音川を襲撃から守る防壁となっていた。

音川は古びた木箱を取り出した。紐が十文字にかけてある。

彼は、その木箱を陳列ケースとほぼ同じ高さの小さな台の上に置いた。手袋をした手で木箱の紐を解き、蓋を開ける。

絹の包みをゆっくりと開いていくと、黒い茶碗が徐々に姿を見せはじめた。黒地に、青い模様が浮かんでいる。

それは、まさに宇宙空間に浮かぶ星雲のようだった。萩尾はごくりと喉を鳴らした。これを見るのは二度目だが、見るたびに魅了されていくように感じる。

音川は、両手で包むようにその茶碗を持ち、静かに陳列ケースの中に入れた。

舎人が言った。

「高台の写真を撮ってくれる約束でしたよね」

音川が、じっと曜変天目に視線を注いだままこたえた。

「もちろん、約束は覚えています」

陳列ケースからそっと手を抜き出す。曜変天目が、間違いなく陳列ケースに収められた瞬間だ。

音川は、スマートフォンを取り出し、左手でそれを構えた。右手を陳列ケースの中に差し入れ、曜変天目を傾けて、高台を自分のほうに向けた。

音川は、その状態で四回写真を撮った。スマートフォン内蔵のストロボが四回光った。それから音川は曜変天目を陳列ケース内に置いて、右手を陳列ケースから出した。

音川が言った。

「さあ、茶碗は陳列ケースに収められました」

久賀が自社の技術者に命じた。

「では、陳列ケースの扉を閉じて、センサーのスイッチを入れよう」

技術者が陳列ケースの扉を閉めて施錠した。電子ロックだ。さらに、技術者は、陳列ケースに触れるだけで警報が鳴るセンサーをオンにした。

彼は事務的に言った。

「このケースを開けるには、生体認証が必要です。つまり、わが社の久賀の掌紋《しょうもん》が必要となるのです」

上条が舎人に言った。

「さあ、曜変天目が本物かどうか、確認してください」

舎人が、スマートフォンを取り出して言った。

「今撮影した高台の写真のデータをこちらに送ってもらえますか?」

「では、メールでお送りしましょう」

舎人がアドレスを教え、音川が送信する。着信を確認した舎人が、画像を開いてスマートフォンの画面を見つめた。

それから彼は、陳列ケースに近づき、しげしげと茶碗を観察しはじめた。

14

「本物ですね」

やがて、舎人が言った。

上条は、ほうっと吐息を漏らした。

「確かめるまでもありません」

音川が言った。「今日の午前中に……、もう日が変わっているので、正確には、昨日の午前中ということになりますが、本物かどうかを確認したばかりです。それから、誰も茶碗には手を触れていないのです」

「誰も手を触れていない?」

萩尾は尋ねた。「それは、間違いありませんか」

音川が言った。

「間違いありません。運び出すまで、私自身が保管庫の前で監視していましたから……」

「その場を離れることもあったでしょう」

「保管庫は施錠してありました。間違いなく誰も茶碗には手を触れていません」

萩尾は、久賀に尋ねた。

「陳列ケースのセンサーは、これからずっと働きつづけるのですね?」

「はい。展示会が終了するまで、オフにすることはありません」

「扉のロックを開けることもないのですね？」

「ありません。先ほども言いましたように、陳列ケースを開けるには、私の掌《てのひら》が必要です」

上条が言う。

「そして、これから催事が終了するまで、二十四時間態勢で、警備員の方が監視してくださるのですね」

久賀がうなずいた。

「そういうことです」

萩尾は、林崎に言った。

「どうやら、俺たちの出番は、もうなさそうだな」

林崎が肩をすくめた。

「……となりゃあ、とっとと帰って休むとするか」

音川が言った。

「私も搬入の役目が終わったので、引きあげることにします」

久賀が音川に言った。

「ごくろうさま。あとは、我々が引き受けます」

音川はうなずき、言った。

「では、皆さん。一足お先に失礼します」

音川は、出入り口に向かった。警備員が一人、彼についていった。

「じゃあ、僕も帰ります」

舎人が言った。

萩尾は彼に言った。

「曜変天目は、間違いなく本物なんだな？」

「本当は手に取って見られると一番いいのですがね……」

「陳列ケースに収まった状態では、断言できないということか」

「高台も写真で確認しました。まず間違いないでしょう」

それを聞いて、上条が言った。

「あの陳列ケースと、この警備態勢があれば、絶対に盗まれることはありませんね」

久賀が言う。

「任せてください」

舎人が萩尾に言った。

「……ということなので、これで失礼します」

「ちょっと待ってください」

秋穂が舎人に言った。「先輩が残っているのに、自分だけさっさと帰るつもりですか？」

舎人が不思議そうな顔で秋穂を見た。

「用が済んだんです。いけませんか？」

「目上の人に対する礼儀ってもんがあるでしょう」

「用もないのに、残るのが礼儀ですか?」

秋穂が言葉を呑んだ。

萩尾は言った。

「もちろん、いけなくはない。帰っていいよ」

舎人は、萩尾を見た。それからちらりと秋穂を見て、出入り口に向かった。彼が立ち去ると、秋穂が言った。

「まったく、あいつは礼儀を知らないんだから……」

「おい、先輩をあいつ呼ばわりするおまえさんも、ずいぶんと礼儀知らずだと思うぞ」

「ああいうやつは、いいんです」

林崎が笑った。

「さすがはハギさんの弟子だけあるな。頼もしいじゃねえか」

萩尾は頭をかいた。

「いや、お恥ずかしい……」

そのとき、上条が言った。

「それでは皆さん、我々も引きあげることにしましょう」

久賀がうなずいた。

「私もいったん帰宅することにします」

トーケイの警備員だけを残して、一同は会場をあとにした。

午前九時に、ダケ松が釈放されるというので、萩尾は秋穂とともに、勾留先の目黒署に会いに行った。

ダケ松は、萩尾を見ると、不機嫌そうに言った。

「なんだよ。まだ何か用があるのか?」

「そう言うなよ、ダケ松。俺がやったことを怨んでいるなら、お門違いだぞ。刑事相手に嘘が通用すると思うな」

「仕事も身寄りもねえ年寄を、娑婆に放り出すのかよ。あんた、血も涙もねえんだな」

「刑務所は、ホテルじゃないんだ」

「俺は盗人だ。刑務所にぶちこんでくれれば、それでいいんだ」

「まっとうな暮らしを考えてみたらどうだ。鍵福だって今じゃ堅気なんだ」

「鍵福は運がよかったのさ」

「そんなことはない。足を洗おうと思えばできるはずだ」

ダケ松は、にやりと笑った。

「俺が足を洗っちまっていいのかい?」

「どういうことだ」

「萩尾のダンナは、俺みたいのと勝負するのが生きがいなんじゃねえのかい」

「勘違いするな。俺は刑事だ。盗人は、一人でも少ないほうがいい。これを機に、まっとうに生きることを考えるんだ。堅気になると約束するなら、いろいろと相談に乗る」

ダケ松は、ふんと鼻で笑った。

「今さら俺に、何をして生きていけって言うんだ」

彼は、萩尾に背を向けて歩き去った。

隣にいた茂手木係長が言った。

「どうせ娑婆に出しても、また戻って来るぞ」

萩尾は、ダケ松が去っていったほうを見たまま言った。

「もしそうだとしても、更生のチャンスは常に与えてやらなきゃ」

茂手木が溜め息をついた。

「無駄なことのような気がするがな……」

「無駄でもやりつづけなけりゃならないんだ。それが、俺たちの仕事だ」

「いつも思うよ。ハギさんは、そこが違うって……」

「違う?」

「俺たちとは違うってことさ」

「そんなことはない」

「いや、違うさ。だからかなわない気がするんだ」

秋穂の視線を感じた。彼女は茂手木の言葉についてどう思っているだろう。いずれにしろ、面《おも》映《は》ゆい話ではある。

萩尾は話題を変えたかった。

「いろいろとすまなかったな」

萩尾がそう言うと、茂手木は肩をすくめた。

「まあ、仕方がないさ。検察も納得したんだからな。次のことを考えるさ。ダケ松が、うちの管内で現行犯逮捕されたら、俺たちの手柄にしてくれるんだな」

「手柄がほしいわけじゃないとか言ってなかったか？」

「実績になるんならありがたい話だ」

「もちろん、目黒署の手柄でいい」

「まあ、どこで仕事をするかは、ダケ松次第だけどな……」

「やつは、目黒署管内にヤサを持っている。おそらく次の仕事も、ヤサからそう離れた場所じゃないと思う」

「わかった。俺は、連絡を待っていればいいんだな？」

「ああ。今、本部の捜査員が尾行しているはずだ。猪野係長から連絡があるはずだ」

「じゃあ、その連絡を待っているよ」

萩尾は、目黒署をあとにして、山手通りを中目黒駅に向かって歩いた。

秋穂が言った。

「ダケ松は、弟子とすぐに接触するでしょうか」

「どうかな……。普通なら、しばらくは接触しないだろうがな……。やつだって尾行されていることは承知の上だろうからな……。ただ、今回は事情が違う」

「八つ屋長治の件ですね？」

「ダケ松は、弟子に危ない橋を渡らせたくないんじゃないのかな……」

「でも、刑務所に入ろうとしたんでしょう？　刑務所に入ったら弟子とは接触できないわけで、そうなれば、犯行を止めることもできないですよね」

萩尾は、ダケ松の立場になって考えてみた。

「身代わりで捕まろうとしたのは、咄嗟の判断だったんだろうな」

「そうしたら、弟子は、八つ屋長治の仕事に手を出しちゃうかもしれないですよ」

「ダケ松は、捕まる前に、そのことについては、すでに弟子と話し合っていたんじゃないだろうか」

「あとは、弟子の判断に任せると……」

「刑務所に入るとなれば、そう考えざるを得ないだろう。だけど、自由の身になったら、やっぱり弟子に会って説得しようとするんじゃないだろうか」

「すでに、茶碗は展示場に搬入されました。いつ犯行があるかわからない状態なんですよね」

萩尾は考え込んだ。

「ダケ松の尾行と張り込みは、猪野係長と目黒署に任せよう。やっぱりデパートが気になる。行ってみよう」

萩尾と秋穂は、中目黒駅から東横線で渋谷に向かった。

国宝とあって、長蛇の列を想像していたが、展示会場はそれほど混み合ってはいなかった。それでも、曜変天目の陳列ケースの前には人だかりがしている。

「おや、刑事さん。ごくろうさまです」

声をかけられて振り向いた。デパート事業部の上条だった。

萩尾は言った。

「思ったより人出が少ないように思うのですが……」

「いやいや、御の字ですよ。焼き物の展示即売会なんて、集客力は知れています」

萩尾は驚いた。

「それほどの人出を見込んでいないということですか？」

「この程度の客足でも、収益はちゃんと上がるんです。そのように、品揃えを設定してあるんです。逆に、お客さまが殺到したら、対処に困ります」

なるほど、商売というのはドライなものだと、萩尾は思った。どの程度の客足か、ちゃんと見込んであるということだ。

「それにですね」

上条がさらに言った。「今日は木曜日ですからね。メインは、やはり今度の土日です」

「なるほど……」

萩尾は、会場内に配備されている警備員たちを見回してから言った。「今のところ、警備上の問題はなさそうですね」

「ええ。このまま無事に、最終日を迎えてくれることを祈りますね」

「萩尾さん、あれ……」

秋穂が腕をつついた。彼女の視線の先を追うと、舎人の姿があった。

「あいつも気になるようだな」

舎人は、会場内を見回していた。萩尾たちに気づくと近づいてきた。

「来てたんですか」

舎人の言葉に、秋穂が言った。

「ちゃんと挨拶したらどうですか」

舎人はきょとんとした顔で秋穂を見てから、萩尾に視線を戻し、言った。

「こんにちは」

それから秋穂に言った。「これでいいですか？」

前にもまったく同じようなやり取りがあった。真剣なのか冗談なのかわからない。やっぱり舎人は妙なやつだと、萩尾は思った。

「様子を見に来たのか？」

萩尾が尋ねると、舎人は言った。

「仕事ですからね」

「仕事だって？　窃盗はあんたの仕事じゃないだろう」

「そうです。自分の関心はあくまで、贋作師です」

萩尾は首を捻りたくなった。

「わからないな……。すでに曜変天目は、陳列ケースの中だ。あんたは、穴があるとしたら、時間にあると言った。つまり、ここに搬入される前に、偽物とすり替えられると考えていたんだろう？」

「そう決めつけていたわけじゃありません。ただ、その可能性が一番高いとは思っていましたね」

「だからこそ、美術館で一度、そして、ここに搬入された段階でもう一度、本物かどうか確認したわけだ」

「それはそうなんですが……」

「何だ？」

「どうも、気になって仕方がないんです」

「気になる？　何がだ？」

舎人は、しばらく考えてからこたえた。

「いえ、いいんです。そんなことは、あり得ないんで……」

「あり得ない？　何があり得ないんだ？」

舎人はこたえようとせずに、また考え込んだ。

秋穂が苛立った様子で何か言おうとした。そのとき、誰かが大声で笑い、萩尾と秋穂はそちらを見た。

それにつられるように、舎人と上条もそちらに視線を向けた。

曜変天目の陳列ケースの正面で、誰かが笑っていた。和服姿だった。いかにも高級そうな着物だ。

萩尾はつぶやいた。

「八つ屋長治……」

「え……」

そのつぶやきを聞いて、秋穂が言った。「あいつが……」

周囲の客が、驚いたように八つ屋長治こと、板垣長治のほうを見ている。関わりになりたくないのか、次第に人の輪が彼から遠ざかっていく。

その結果、特製の陳列ケースの前には、奇妙な空間ができていた。その中心に、八つ屋長治がいる。

萩尾は、彼に近づいた。八つ屋長治が、気配に気づいたように振り向く。

「おや、萩尾のダンナ」

八つ屋長治は、実際よりも老けて見える。実年齢は四十七歳だが、見かけは五十代半ばだ。

故意にそういう恰好をしているようだ。表の稼業は、八丁堀三丁目の質屋の若旦那だが、そういう商売では貫禄がものを言うことが少なくない。若いと舐められるのだ。

萩尾は言った。

「何がおかしいんだ?」

「ダンナ、これが笑わずにいられますか」

「だから、どうしたと訊いているんだ」

「曜変天目ですよ」

「それがどうかしたのか?」

「こうやって世間様に、贋作を展示して、恥ずかしくないんですかね。私は、それがおかしくて……」

「ふざけたことを言うな。これが本物であることは、何度も確認済みだ」

「誰が確認したか知りませんがね。私の眼はごまかせませんよ」

いつしか、周囲に人が増えている。野次馬たちは、二人のやり取りに注目していた。

ここはまずいと、萩尾は思った。

「ちょっと、こっちに来てもらおう」

八つ屋長治を会場の隅に連れて行く。トーケイの警備員に、野次馬を近づけないように言った。

秋穂がぴたりとついてきた。上条と舎人が、慌てた様子でそのあとを追ってきた。

警備員たちのおかげで、人混みから離れた場所で話ができる。萩尾は言った。

「曜変天目が偽物だなんて、どうせはったりだろう。何が目的でそんなことを言ってるんだ?」

八つ屋長治は、笑みを浮かべて言う。

「別に目的なんてないですよ。偽物だから偽物だと言ったんです」

「騒ぎを起こすと、威力業務妨害でしょっ引くぞ」

「国宝と偽って、贋作を展示するのは罪にならないんですか？　こいつは立派な詐欺ですよ」

舎人が言った。

「偽物だと騒いで、こちらが慌てて曜変天目を取り出すのを待っているんじゃないですか？　当然そうなれば、センサーも止めるし、生体認証の電子ロックも解除することになります」

「そして、隙を見てまんまと曜変天目を盗むというわけか。それは、盗みの常套手段だな」

八つ屋長治の笑みが凄みを帯びた。

「俺はね、盗人じゃないんだ。盗みなんてやりませんよ。そして、自分の眼力に自信を持っている。俺が偽物だと言ったら、そいつは本当に偽物なんですよ」

舎人が眉間にしわを刻んだ。そして、彼は人並みをかき分けるようにして曜変天目の陳列ケースに向かった。

萩尾は、ガラス越しに曜変天目と向かい合う舎人の後ろ姿を見つめていた。

15

「萩尾のダンナ」

八つ屋長治が言った。「ダンナがついていながら、なんという体《てい》たらくですか」

萩尾は、舎人の様子を気にしながら、長治の言葉にこたえた。

「おとなしく見物や買い物ができないなら、ここから出て行くんだな」

「ダンナにそんなことを言う権利はありませんよ。俺たちは、こうしていいものを見ることで、眼を養うんです。実際、あっちにある古染付なんかは、なかなかいいものだ。二、三十万くらいの品物の中に、掘り出し物もある。でもね、あれはいけません。あの、曜変天目は……」

八つ屋長治は、また笑いを浮かべた。苦笑のようだ。

萩尾は、八つ屋長治を睨みつけた。

「いい機会だ。いろいろと聞きたいことがあったんだ。ちょっと、来てもらおうか」

「おや、任意同行ってやつですか？　俺は何にもやってませんよ。しょっ引かれる理由はありませんね」

「ここじゃ落ち着いて話が聞けない」

八つ屋長治は、肩をすくめた。

「これでも忙しい身なんですがね……。まあ、他でもない萩尾のダンナですからね。いいですよ。

ご一緒しましょう」

「ちょっと見ててくれ」

萩尾は、秋穂に言ってその場を離れると、渋谷署の林崎係長に電話をした。

「はい、林崎」

「萩尾だ。ちょっと場所を貸してくれないか？」

「場所？　何の場所だ？」

「八つ屋長治を連れて行って、話を聞きたい」

「八つ屋長治……」

「詳しいことは会ったときに話すが、やつが、デパートの展示会場に現れてな……。曜変天目が偽物だと言っている」

「なんだって……。いや、どうせ、はったりだろう」

「俺もそう思うが、この際、いろいろと話を聞きたい」

「わかった。取調室を用意しておく」

「済まんね」

電話を切った。

曜変天目の陳列ケースの前で、舎人と事業部の上条が何か言い合っている。それを野次馬が取り囲んでいる。

「まずいな……」

萩尾はそうつぶやいてから、彼らに近づいた。

舎人に言った。

「何をやってるんだ？」

その質問に、舎人ではなく、上条がこたえた。

「茶碗を確認したいとおっしゃるのですが……」

萩尾は、舎人に言った。

「ちょっとこっちへ来い」

萩尾は、舎人を先ほどいた会場の隅に連れて行った。上条もついてきた。

「茶碗を手に取って調べたいということか？」

萩尾の質問に、舎人がこたえた。

「そうです。やはり実際に手に取ってみないと……」

それを聞いていた八つ屋長治が言った。

「手に取らなくたってわかるじゃないか。ガラス越しだって、明らかだよ。あれは偽物だ」

萩尾は、顔をしかめて秋穂に言った。

「ちょっと向こうに連れて行ってくれ」

「はい」

秋穂が、話の聞こえない場所に八つ屋長治を誘う。長治は素直に秋穂の言うことを聞いている。

秋穂の強みだと思った。鍵福もそうだが、オヤジどもはどうも、秋穂には弱いらしい。まあ、自分もそうかもしれないが……。

萩尾は、舎人のほうに向き直る。

「いったん陳列ケースに収めたら、もう取り出せないことは知っているだろう」

「セキュリティーを止めて、久賀さんの生体認証があれば、取り出せるでしょう」

「それが盗人の思う壺だと言ったのは、あんたじゃなかったか？」

「気になっていると言ったでしょう」

そう言えば、彼はそんなことを言っていた。

「気になっているって、何がだ？」

「ケースに収められた茶碗が、なんだか偽物っぽく見えたんです。昨夜は、照明のせいかと思っていたんですが……」

「だがそれは、あんたが言ったとおり、あり得ないことだ」

「そうですよね。でも、確かめなければなりません」

萩尾は、会場内を見回した。

「催事の真っ最中だ。今確認するわけにはいかない」

「八つ屋長治は、ガラス越しでも明らかだって言ってましたね」

「はったりかもしれない。偽物だと騒ぎ立てるのには、理由があるはずだ」

「ならば、僕にも、ガラス越しでわかるかもしれません」

「あんた、俺の話を聞いてるのか？　偽物かどうかはわからないんだ。長治が嘘をついているのかもしれないと、俺は言ってるんだよ」

「いずれにしろ、確認する必要があるでしょう」

「美術館で確認し、さらに搬入のときに確認した。二度とも本物に間違いなかったんだろう？」

「ええ、美術館で見たのは、間違いなく本物でした」

「搬入のときは？」

「僕は、直接茶碗を見たわけじゃないんです」

「でも、高台の写真を確認したんだろう？　あのとき、キュレーターの音川が撮影したものをすぐにあんたの携帯に送信した」

「そう。目の前でスマホで撮影して、そのまま送ってくれました。いいアイディアだと思いました。今どきのスマホは解像度がいいですからね。写真を拡大して調べられます。照明の不充分なところでルーペを使うよりも確実かもしれないと思ったんです」

「それで、高台の写真を調べて、あんたは本物だと判断したんだろう？」

「写真に写っていた茶碗は、間違いなく本物でした」

「だったら、本物だろう。キュレーターの音川がその場で撮影して送ったんだからな」

「それはそうなのですが……」

　舎人の言葉は、はっきりとしなかった。

　萩尾は言った。

「ガラス越しに鑑定するにしろ、今は無理だ。客がいるところでそんなことをするわけにはいかない」

舎人が、さきほど萩尾がやったのとまったく同じように、会場内を見回した。それから、彼は言った。

「わかりました。営業が終わるのを待ちます」

「俺たちはこれから、八つ屋長治に渋谷署で話を聞くが、あんたはどうする?」

「いっしょに行きます」

萩尾はうなずいて、秋穂と八つ屋長治に近づいた。

八つ屋長治は、余裕の表情で言った。

「久しぶりに、ゆっくり話ができそうですね、萩尾のダンナ」

萩尾は何も言わずエレベーターに向かった。


「なんだか、窮屈そうですね」

八つ屋長治が、刑事たちを見て言った。

狭い取調室に、萩尾、秋穂、舎人、それに林崎係長がいた。秋穂は記録席、林崎は萩尾の隣に腰を下ろし、舎人は萩尾の背後に立ったままだった。

たしかに、少々窮屈かもしれない。だが、そんなことを気にする者はいなかった。

萩尾が言った。

「いったい、何のつもりで、あんなことを言ったんだ?」

「曜変天目が偽物だって話ですか？　何のつもりもなにも、偽物だから偽物だって言ったんですよ」

「こっちは、美術館にあるときと、搬入するときに、きっちりと確認しているんだ。おまえの眼が鈍ったんじゃないのか？　偽物だっていう先入観を持って見るから、偽物に見えるんだろう」

「曜変天目に限らず、焼き物の名品っていうのは、偶然の産物なんです。釉薬が、どういう具合で地肌に載り、それが窯の中でどういう変化をするか……。それは窯出しをしてみないとわからないんです。だから、名品の再現は不可能だと言われているんです」

「そんなことは、こちとらは百も承知だよ」

「そうでしょうね。萩尾のダンナなら、ご存じでしょう。でもね、その不可能なことに挑戦するやつが常にいるんです。そして、曜変天目を再現したというやつが何人もいる。その中には、高校生もいるんですよ」

「高校生……？」

「工業高校のセラミック科の生徒たちの研究発表です。彼らは電気炉を使って、見事に曜変天目を再現したんです。しかも、釉薬に鉛を使わなかった。人体に有害だという理由でね」

「工業高校セラミック科……」

「釉薬と焼きの温度を工夫すれば、黒地に光彩を伴った斑紋が浮き出る、曜変天目はできるんです。おそらく自由奔放に作れば、名品が生まれるでしょう。でも、過去に作られた名品のレプリカを作れるかといったら、それはまた別問題だ。コピーには、また別な技術が必要なんです」

「言ってることはわかるよ。だから何なんだ」

「レプリカには限界があるってことです。どんな名手が作ろうと、そこに作為が生まれる。それが眼につくんです」

「もっともらしいことを言っているが、それは証拠にはならないな。おまえの目論見はお見通しだ。展示されている茶碗が偽物だと騒ぎ立てることで、おまえの手もとにある茶碗が本物であるかのように見せかけようという腹だろう。つまり、実はデパートに展示されている曜変天目が本物で、おまえの手もとにあるのが偽物なんだ」

八つ屋長治は、薄笑いを浮かべた。

「何の話です？　俺の手もとにある茶碗ですって？　そんなものはありませんよ」

こちらのはったりには、乗ってくれなかった。

「噂が流れている。おまえが、近々大きな仕事をするらしいってな。そして、おまえは、曜変天目が展示されているイベントに、初日の午前中からやってきた。これで間違いないと、俺は思った。おまえは、曜変天目の贋作を持っていて、その値をできるだけつり上げようと考えているんだろう」

これもはったりだ。カマをかけてみたのだ。

「そいつは言いがかりってやつですね。俺は、眼の保養に、と思って展示会に行ったんですよ。国宝の茶碗となれば、どうしても一目拝んでおきたいじゃないですか」

「言いがかりはどっちだ。展示されている曜変天目は、間違いなく本物なんだ」

「見解の相違ってやつですね。これ以上話すことはありません。帰っていいですね?」

八つ屋長治は立ち上がろうとした。

「座れ。まだ話は終わっちゃいないんだ」

「長話になるなら、茶の一つも出してほしいですね」

「取り調べじゃないんだから、茶くらい出してやってもいい。おい、武田……」

「はい」

秋穂が記録席から立ち上がった。

八つ屋長治が苦笑して言った。

「言葉のアヤですよ。本当に茶がほしいわけじゃありません」

萩尾も本当に茶を出すつもりなどなかった。秋穂に命じたのはポーズだ。八つ屋長治との駆け引きだ。

萩尾がうなずきかけると、秋穂は再び記録席に腰を下ろした。

「おまえ、誰かと組んでるんだろう」

萩尾が尋ねると、八つ屋長治はこたえた。

「何の話です?」

「盗人じゃないんで、盗みはやらないと言ったが、それは本当だろう。おまえは故買が専門だ。だから、誰かがおまえのところに、盗んだものを持ち込まなければならない」

「失礼ですね、ダンナ。俺は、れっきとした質屋の跡取りなんですよ。先代はもう引退したんで、俺が店を切り盛りしてるんです」

「ただの質屋にしちゃ、おまえは能力と野心があり過ぎた。そして、日本でも五本の指に入る故買屋になったわけだ。最近のお得意さんは中国人か？　香港あたりのオークションでブツをさばいているらしいな」

八つ屋長治は、余裕を失わない。笑みを浮かべて言った。

「質屋をやっていると、時にとんでもない掘り出し物に出っくわすんですが、国内では値が付かないことがあります。そういうときに、たしかに香港なんかのオークションに出品することはありますね」

「曜変天目も、海外のオークションでさばくつもりか？」

八つ屋長治は、目を丸くした。

「どうして俺が、曜変天目を……。さっきから、ダンナの言ってることはよくわからない」

「展示されているのは偽物なんだろう？　じゃあ、本物はどこにあるんだ」

「知りませんよ。そんなこと……」

「おまえ、ダケ松を知ってるな？」

「ダケ松……？　さて、誰でしたっけね……」

「やつもおまえのところにブツを持ち込んでいるはずだ。知らないはずはない」

「ブツを持ち込んでるだなんて……。俺はただの質屋だって言ってるでしょう」

「ギャラリーが多いのが不服なのか？　何だったら、サシで話そうか？」

八つ屋長治は、すぐにはこたえなかった。考えているのだ。

萩尾は林崎係長に言った。

「悪いが、二人にしてくれるか?」

林崎は何も言わずに、取調室を出て行った。続いて、舎人が部屋を出た。

最後に秋穂が記録席から立ち上がり、出入り口に向かった。

二人きりになると、八つ屋長治が言った。

「サシだからって、特に話すことはないですよ」

「ダケ松のことだ」

「だから、俺は……」

「俺相手にシラを切ってもしょうがないだろう」

八つ屋長治は、しばらく無言で考えていた。値踏みするような目つきで萩尾のことを見ていた。

やがて、彼は言った。

「空き巣狙いのダケ松ですね。知ってますよ」

「最近、会ったか?」

「いや、ずいぶんと会ってませんね。もうそろそろ引退してもいい年じゃないですか?」

「たしかにそうかもしれない。先日、目黒署管内の仕事で捕まった」

「へえ……」

「手口はダケ松のものだった。だが、俺はやつの仕事じゃないと睨んだ」

「ねえ、ダンナ。なんでそんな話を、俺にするんです?」

「訊きたいことがあるからだ」

「じゃあ、さっさと質問してください」

「おまえ、ダケ松の弟子を知らないか?」

八つ屋長治は、きょとんとした顔になった。林崎たちがいたときには見せなかった素の表情だ。

「ダケ松の弟子……? それ、いったい何の話ですか。なんで俺がそんなことを知っていると思ったんです?」

「目黒署管内の仕事だ。ダケ松の手口だったが、ホシはダケ松じゃないと言っただろう」

「その仕事を、弟子とやらがやったのだと……」

「ダケ松は、わざと逮捕されたフシがある。だから、すでに釈放された」

八つ屋長治が、眉間にしわを刻んだ。

「わからないですね……。それと俺と、何の関係があるんですか」

「おまえのところに、曜変天目を持ち込むのは、そのダケ松の弟子なんだろう?」

八つ屋長治は、戸惑った顔になった。

「待ってくださいよ、ダンナ。それは冗談なんでしょう?」

「俺が冗談を言ってるように見えるか?」

「俺がダケ松の弟子と関わっているですって? 教えてもらえますか? いったい、どうしてそんなことを考えるようになったのか……」

「そう考えると、話の筋が通るからだよ」

「繰り返しますが、俺は、曜変天目を拝みにデパートに行っただけです。眼の保養ですよ。ただそれだけなのに、警察に引っ張られて、言いがかりをつけられている……。相手がダンナじゃなければ、訴えることも考えますよ」

「眼の保養か……。それは嘘だな」

「嘘じゃないですよ」

「おまえなら、同じ茶碗を美術館で見ているはずだ。わざわざデパートの催事なんかに出かけて来る必要なんてないはずだ」

八つ屋長治は肩をすくめた。

「そんなのは、俺の自由でしょう」

「なあ、長治。教えてくれよ。ダケ松の弟子ってのは、何者なんだ?」

「知りませんよ、そんなこと」

萩尾は、長治の態度を冷静に観察していた。やがて、溜め息をついて言った。

「行っていいよ」

八つ屋長治が立ち上がった。

「久しぶりにお会いできて、楽しかったですよ」

萩尾は何も言わず考えていた。

背中で、引き戸が開く音が聞こえた。

16

長治と入れ替わりで、林崎、舎人、そして秋穂の三人が取調室に入って来た。

林崎が立ったまま、萩尾に尋ねた。

「どうなんだ？　八つ屋長治が言ったことは本当なのか？」

「どうかな。俺は、はったりの線もあると思ってるが……」

「でも……」

舎人が言った。「彼が曜変天目の贋作について語ったことは、全部本当のことでした」

萩尾は舎人に尋ねた。

「高校生が曜変天目を再現したって話もか？」

「ええ。文科省指定の、『目指せスペシャリスト』という事業で発表された研究です。生徒たちは、小型の電気炉を自作しました。電気炉を使うことで、自由に温度を設定できるようにしたんです。そして、黒くするために、基本の釉薬に、酸化第二鉄と炭酸マンガンを加えました。そして、光彩の発色剤として、クロム、コバルト、チタンの酸化物を加えました。特に、曜変の特徴である斑紋と光彩を作り出すのに、二酸化チタンが有効だったということです」

林崎が眉をひそめた。

「何の話をしているのかわからん」

「よく調べてあるな」

萩尾は言った。「高校生にできたことだ。贋作師にできないはずはないということだな？」

舎人がこたえた。

「そうですね。これまで何人もの人が、曜変天目の再現に成功したと言っています。ですが……」

「ですが、何だ？」

「斑紋や光彩を作り出すことは可能です。でも、八つ屋長治が言ったとおり、過去に作られた名品をそのままそっくり模倣しようとすると、必ずそこに作為が生じます。偶然に生まれたものは自然ですが、やはりそれとは違います。見る人が見れば、それがわかるということです」

「八つ屋長治は、それを見破ったということか？」

「本人は、そう言いたいのでしょう」

「あんたも相当の目利きなんだろう。そのあんたが、二度も確認したんだ。展示されているのは本物なんだろう？」

「理屈ではそうですね」

「陳列ケースの中の茶碗が偽物っぽく見えたと言ったな？　だが、それはあり得ないだろう。あんたも搬入に立ち会ったんだ。その眼で、曜変天目が陳列ケースに収められるところを見たはずだ」

「それはそうなのですが……」

「なんだかはっきりしないな。八つ屋長治の思う壺なんじゃないか？」

「思う壺……」

「そうだ。やつは揺さぶりをかけているんだよ。偽物疑惑をでっち上げているんだ」

舎人が不思議そうに言う。

「そんなことをして、あいつに何の得があるんです？」

「こっちが浮き足立って、隙ができるのを待っているんだろう」

「でも、あいつが言っていたように、盗みをやるのはあいつじゃないんですよね」

「その盗みの援護射撃なんじゃないのか」

「あるいは……」

秋穂が言った。「萩尾さんがさっき言ったように、展示されている曜変天目が偽物だと騒ぎ立て、そういう噂が流れれば、自分が手にする茶碗が本物だと主張しやすいですよね。それが狙いかも……」

舎人が言った。

「それはどうかな……」

「どうかなって、どういうこと？」

「偽物だと騒ぎ立てれば、当然注目を浴びて、八つ屋長治は身動きが取りにくくなる。誰かが茶碗を盗んで持ち込もうにも、監視がきつくなって摘発されるリスクが高まるじゃないか」

秋穂は考え込んだ。舎人が言ったことを頭の中で検討しているのだろう。

萩尾は言った。

「たしかに、監視はきつくなる。それを承知で、偽物だと騒ぎ立てたということは……」

秋穂が言った。

「すでに、八つ屋長治は、茶碗を手にしているということですね」

萩尾はうなずいた。

「そうだ。それならあり得る話だ」

林崎が言った。

「おい、八つ屋長治が、すでに本物の曜変天目を入手しているってのかい？」

「あいつの落ち着き払った様子を見ると、それも充分に考えられるな……」

舎人が言った。

「もし、彼が曜変天目を持っているとしても、それが本物とは限らないんですよね？」

萩尾はうなずいて言った。

「展示されているのが偽物だという噂が立ちさえすればいいということだ」

「そうなれば、持っている茶碗を本物だと言い張ることができますからね」

なるほど、詐欺事件を扱う二課らしい考え方だ。

萩尾は言った。

「それは充分に考えられることだな」

それを受けて、林崎が言った。

「おい、俺たちにとって重要なのは、デパートに展示されているのが、本物なのか偽物なのかってことだぜ」

「それは、もちろんそうなんだが……」

「何だ？　何か気になることでもあるのか？」

林崎に尋ねられて、萩尾はどうこたえたらいいか考えていた。

「終始余裕の表情だった長治が、一瞬だけ緊張したんだ」

「緊張した……？　なぜだ？」

「それがわからない。何かの言葉に反応したんだと思う。ごくかすかな反応だったんだが……」

「何に反応したのかわからないんじゃ、話にならないな……」

「考えてみるよ」

「まあ、おそらくハギさんじゃなきゃ気づかなかったことだろうからな……」

そのとき、取調室の戸口で声がした。

「あ、係長、こちらでしたか……」

渋谷署盗犯係の係員だ。林崎が尋ねる。

「どうした？」

「デパートから電話です。なんでも、マスコミが駆けつけているとか……」

林崎が萩尾を見て言った。

「偽物騒ぎを嗅ぎつけやがったな……」

萩尾は言った。

「行ってみよう」


昼時とあって、展示会場はすいていた。そこに、カメラマンと記者が集まっていた。見たところ、それほど数は多くない。四、五社だろうと、萩尾は思った。テレビカメラはまだ来ていない。だが、最近は安心できない。デジタルビデオカメラは小型でも放送に充分な画質だし、スマートフォンなどの動画もニュースで使用される。

その記者たちの対応をしている上条の姿が見えた。すっかり手を焼いている様子だ。

彼は、萩尾たちを見ると、助けを求めるように言った。

「何とかしてもらえませんか。これじゃ、展示会になりません」

萩尾は記者たちに言った。

「営業時間中にこんなことをしていると、威力業務妨害になるぞ」

背広姿の新聞記者らしい男が言った。

「何ですか、あなたは……」

萩尾は、手帳を出した。

「とにかく、ここは客の眼もある。裏に行こう」

記者は、かまわず質問する。

「誰かが、展示されている国宝は偽物だと言ったそうですが、本当ですか?」

萩尾は、しらばっくれた。

「知らないよ。いいから、取りあえず、裏に来てくれ」

「行ったら、話をしてくれますか？」

萩尾は、何も言わずに記者の腕を取って歩き出した。

「あ、何をするんです。暴力はまずいでしょう」

「こんなのは暴力のうちに入らない。本当の暴力を知らないんだな」

「止めてください。あなたの上司に報告しますよ」

「おそらく、俺の上司は、あんたの味方じゃない。俺の味方だ」

萩尾はそばにいた上条に尋ねた。「どこか、彼らと話ができる場所はないですか？」

上条は、しばらく考えてから言った。

「ＶＩＰ用の応接間があります。特別なお客様がお買い物をなさるときに、ご使用になる部屋ですが、そこが空いていると思います」

「そんな上等な場所でなくていいです」

「では、バックヤードでよろしいでしょうか」

「構いません」

萩尾は再び記者の腕を取って、バックヤードに向かった。残りの連中もぞろぞろとついてきた。

バックヤードは、ひどく乱雑だった。スチール製の棚が並んでおり、そこに在庫品の箱が積み上げられている。奥には、段ボール箱が乱雑に積まれていた。

その記者が言った。

「何ですか、ここは……。こんなところに連れてきて、どうしようというんですか……」

まるで拉致《らち》されたとでも言いたげだ。

「話をしようと言ったのは、そっちだろう」

いつしか、記者とカメラマンに取り囲まれていた。

「おい、写真はだめだよ」

萩尾が言うと、記者が同僚らしいカメラマンにうなずきかけた。カメラマンはカメラを下ろす。他のカメラマンたちも、しぶしぶそれにならった。

萩尾が腕を取った記者が言った。

「和服の男性が、陳列されている国宝が偽物だと言ったという噂を聞いたんですがね」

萩尾は逆に質問した。

「どこの誰から聞いたんだ?」

「ニュースソースは秘密ですよ。それで、どうなんです?　本当なんですか?」

萩尾は、上条に尋ねた。

「何とこたえたんだ」

「そういう男がいたことは事実だと……」

しらを切ればいいものを、と萩尾は思った。だが、マスコミの連中とのやり取りに慣れていない人たちには、無理な注文かもしれない。

萩尾は記者に言った。

「そういう男がいたことは事実だ」

わざと上条が言ったことを繰り返したのだ。記者は、ちょっとむっとした顔になった。

「……で、その男は何者なんですか？」

「さあな」

萩尾はまた、しらばっくれた。

「その男が言ったことは事実ですか？」

「展示品が偽物かって話か？　そんなはずはない。美術館のキュレーターが本物であることを保証しているんだ」

そのとき、萩尾は何かがひっかかるのを感じた。

何だろう。しばらく考えてから、はっとした。

美術館だ。

取調室で八つ屋長治と話したときのことだ。長治は、何かの言葉に反応して、一瞬緊張した。

それは、次の言葉だった。

「おまえなら、同じ茶碗を美術館で見ているはずだ。わざわざデパートの催事なんかに出かけて来る必要なんてないはずだ」

萩尾が、こう言ったとき、八つ屋長治は、一瞬だが表情をこわばらせたのだ。

その理由はわからない。だが、何か重大な事実が隠されているはずだ。

記者がさらに言った。

「疑惑が出ている以上、茶碗が本物であることを証明すべきじゃないでしょうかね？」

萩尾は言った。

「美術館のキュレーターが確認していると言っているだろう。客の一人が偽物だと言ったところで、それは根拠のない発言だ。あんたは、どっちを信じるんだ？」

「いや、そういう問題じゃないでしょう」

「警備には充分に力を入れている。搬入の際には、我々警視庁本部の者と、渋谷署の者が立ち会った。何も問題はない」

「どういう警備態勢なんですか？」

萩尾は、上条に尋ねた。

「トーケイの久賀さんはどこにいますか？」

「警備室だと思います」

「呼んでください。記者の方々に、警備態勢の説明をしていただきたい」

「わかりました」

上条が電話を取り出してかけた。

萩尾は、すでに記者たちの相手をする気をなくしていた。

それより、八つ屋長治のことが気になっていた。長治は、なぜ「同じ茶碗を美術館で見ているはずだ」という萩尾の言葉に反応したのか。

それは、ごくかすかな変化に過ぎなかった。普通の人は気づかないかもしれない。あるいは、萩尾の勘違いということもある。

尋問しているときは、相手を疑いの眼で見ている。だから、意味のない相手の態度に、こちらが過剰反応することもある。

いや、そうではないと、萩尾は思った。

萩尾は、尋問の相手を観察することに自信があった。萩尾にとって取り調べや事情聴取で大切なのは、話の内容よりも、相手の態度なのだ。

よく観察していれば、相手が何を考えているのかわかる。萩尾はその感覚に自信を持っていた。

長治はあの時、明らかに緊張した。その理由は何なのだろう。

萩尾は、考えを巡らせていた。

記者が言った。

「国宝と偽って、偽物を展示していたとなると、詐欺ということにもなりかねませんよね」

その言葉に、萩尾の思考は中断した。記者を睨みつける。

「美術館で本物であることを保証してくれているんだ。俺たちは、それを信じている。だから、憶測で記事なんて書かないでくれよな」

萩尾は、さきほどから実は巧妙に責任を避けていた。あくまでも、美術館のキュレーターが本物であることを保証しているとしか言っていない。

我ながら、少々ずるいと思う。だが、マスコミに警察の責任を追及されるのだけは、願い下げにしたい。

記者が言った。

「憶測で記事なんて書くわけないでしょう。我々も本当のことを知りたいですね」

萩尾は言った。

「さあ、こちらからの話は以上だ」

他の記者が尋ねた。

「国宝の茶碗が搬入された様子を、詳しく教えていただけますか？」

「今、警備担当者がこちらに向かっている。搬入についても、その人から聞いてくれ」

さらに他の記者の質問。

「美術館で、本物だと保証してくれたわけですね」

萩尾はうなずいた。

「キュレーターが、茶碗を見せてくれた。こちらは、別に鑑定眼を持った人物を用意していた。その結果、本物に間違いないということになった」

「どこかで茶碗がすり替えられた可能性は？」

「ない、と我々は考えている。その点についても、警備担当者に訊いてくれ」

その記者がさらに何か質問しようとしたところに、トーケイの久賀がやってきた。

萩尾は、後を久賀に任せることにして、バックヤードを後にした。上条はその場に残り、林崎、舎人、秋穂の三人が萩尾についてきた。

林崎が言った。

「やれやれだな。俺は署に戻るが、ハギさんはどうする？」

時計を見ると、十二時二十分だ。

「昼飯でも食おうか……」

「昼飯か。いいね。俺も署に戻る前に食って行くか……。このデパートには一流料亭の支店が入っている。ランチはそこそこ手頃な値段だ」

秋穂が言った。

「萩尾さんは、そばがいいんですよね」

林崎が苦笑する。

「なんだ、相変わらずそばなのか」

「たまには、うまいものを食いたいと思うこともあるさ。じゃあ、その店にしようか」

林崎について、デパート内にあるその店に移動した。一流料亭ということだが、店の造り自体は、どちらかというと大衆的だ。

昼時とあって、少々混み合っていたが、四人掛けのテーブルを確保できた。萩尾の隣に秋穂が座り、向かい側の席に林崎と舎人が並んで座った。

ランチといっても、さすがに一流料亭だ。林崎は「そこそこ」といったが、かなりの値段だった。しかし、たまには贅沢も悪くない。

萩尾は、注文を済ませると、林崎に言った。

「さっきの八つ屋長治の話だが……」

「何だっけな」

「あいつが何かの言葉に反応して、ちょっと緊張したように見えたという話だ」

「ああ……」

「俺が、こう言ったときに反応したんだ。『おまえなら、同じ茶碗を美術館で見ているはずだ』……」

「どういう流れで？」

「八つ屋長治が、デパートにやってきた目的は、国宝を見て眼を養うことだと言った。それに対して、あいつのことだから、すでに曜変天目を美術館で何度か見ているはずだと、俺は言った」

「どうして、その言葉を聞いて緊張したんだろうな……」

「それはまだわからない」

秋穂が言った。

「普通に考えると、萩尾さんが言ったことが図星だったからですよね。つまり、デパートに来た目的が、眼を養うことなんかじゃなかったと指摘されたわけですから、それで緊張したと……」

それを聞いて、舎人が言った。

「あるいは、その逆……」

萩尾は思わず聞き返していた。

「逆……？」

「そう。八つ屋長治は、これまでに曜変天目を見たことなんてなかったんです。だから、当然、真贋を見極めることなんてできなかった……」

秋穂が言ったことも、舎人が言ったことも、充分にあり得ることだ。

料理がやってきて会話が中断した。萩尾は、秋穂と舎人が言ったことについて、考え込んでいた。

17

「八つ屋長治ほどのやつが、曜変天目を見たことがないなんて考えられないな……」

萩尾は言った。

長治は、ありとあらゆる値打ち物に通じている。時計、宝飾品、焼き物、書画、そしてブランド物のバッグ等……。

質屋なのだから当然だ。だが、同じ質屋でも眼力には差があるものだ。

鑑定眼を鍛えるには、本物を見るしかない。本当に値打ちのある美術品を鑑賞することによってしか、眼力は養えないのだ。

もちろん、骨董品などの正確な値打ちを知るためには、歴史や製作者たちの勉強も必要だ。

だが、そうした知識はあくまで補助でしかない。八つ屋長治のような者たちに何より大切なのは目利きであることだ。

そして、目利きになるには、本当に値打ちがある物を、数多く鑑賞しなければならない。特に長治は焼き物についてその名を馳せている。古今東西のありとあらゆる陶磁器に通じているはずだ。

世界に三点ないしは四点しかなく、そのすべてが日本にそろっている曜変天目。それを、八つ屋長治が見ていないはずはないのだ。

「そうだな」

渋谷署の林崎係長が言った。「美術館で公開されるときには、必ず足を運んでいたんじゃねえかな」

「それも、一度や二度じゃないはずだ」

萩尾は言った。「あいつは、根っから焼き物が好きなんだ。商売だからということもあるが、好きだから詳しいんだ。そういうやつは、いい焼き物は何度でも見たくなる。いや、見ずにはいられなくなるんだ」

林崎がうなずく。

「わかるよ」

秋穂が言った。

「だとしたら、やっぱり、デパートにやってきたのは、眼を養うためなんかじゃなかったってことですよね」

萩尾は首を傾げた。

「そうとも言い切れない。曜変天目が展示されていると聞いて、矢も楯もたまらずやってきたのかもしれない。惚れた片思いの相手に会いに来るようなものだ」

「もし、それが偽物だったら」

秋穂が言う。「大笑いもしたくなりますよね」

「ああ。だが、あいつの高笑いはずいぶんと芝居じみていた。何かを企んでいるに違いないんだ」

　林崎が言う。

「ダケ松の弟子が曜変天目を八つ屋長治のところに持ち込むというのがハギさんの読みだが、それは間違いねえんだな？」

「それがさ……」

　萩尾は、頭をかいた。「八つ屋長治は、ダケ松の弟子のことなんか知らないかもしれないんだ」

「ダケ松の弟子を知らないかと尋ねてみた。長治は知らないと言った」

　舎人が言った。

「やつのそんな言葉を信じるんですか？」

「言葉を信じたわけじゃない。やつの態度を見てそう思ったんだ」

「曖昧ですね」

「まあ、そう言われちまったら、元も子もないんだがな……」

　秋穂が舎人を睨んで言った。

「萩尾さんは、駆け出しの刑事じゃないんだから、言葉には気をつけてくださいね」

　舎人が驚いたように秋穂を見て言った。

「えーと、自分は何か失礼なことを言ったんですか？」

「あきれた……。そんなこともわからないんですか」

萩尾は顔をしかめて言った。

「よさないか。たしかに舎人が言うように、確証があるわけじゃないんだ。ただ、八つ屋長治は、ダケ松の弟子と聞いて、きょとんとした顔をした。それを見て思ったんだ。あ、こいつは本当に弟子のことを知らないいんじゃないかって……」

林崎が眉をひそめる。

「じゃあ、ハギさんの読みは外れたってことかい」

「いや、そうは思えない。ダケ松の弟子が八つ屋長治と関わっていることは明らかだ。でなければ、ダケ松が長治の名前を出すはずはない」

「ダケ松本人が仕事をして、八つ屋長治のところに持ち込むってことは……？」

林崎にそう言われて、萩尾は即座にかぶりを振った。

「いや、本人がそんな大仕事をやるとは思えない。あいつはもう、そろそろ年貢の納め時だってことに気づいている。だから、弟子をとったんだ。技術を継がせるためにな。職質を受けて咄嗟に逃走したのは、弟子をかばうためだ」

「わからねえなあ」

林崎が言った。「八つ屋長治のところに盗品を持ち込むのは、いったい誰なんだ？」

萩尾はその問いにこたえることができなかった。秋穂も無言で考え込んでいる。

三人は、むっつりとした思案顔になったが、舎人だけが飄々《ひょうひょう》としていた。それに気づいた秋穂が言った。

「みんな必死で考えているんですよ。一人だけ涼しい顔をしないでください」

舎人が言った。

「別に涼しい顔をしているつもりはないけど……」

「けど、何です?」

「考えてもわからないことを、いくら考えても無駄じゃないかなあと思って……」

「三人そろえば文殊の知恵って言うでしょう。一人で考えてだめでも、みんなで考えれば何かがわかるかもしれないでしょう?」

「手がかりがないのに、考えても無駄だと思うよ。今は一つひとつ確かめていくことが大切でしょう」

秋穂がさらに何か言おうとしたので、萩尾は割って入った。

「たしかにそのとおりだ。あんたは、早く曜変天目が本物かどうかを確認したいんだな?」

舎人がうなずいた。

「そうです。もし、デパートにあるのが偽物だとしたら、本物は今頃、オークションのために、国外に持ち出されているかもしれません」

萩尾は林崎に尋ねた。

「どう思う?」

林崎がこたえた。

「その二課の若いのの言うとおりかもしれねえなあ……」

「じゃあ、上条事業課長に頼んで、会場を封鎖して鑑定させてもらおうか」

「ダメモトで訊いてみるか……」

そうと決まれば、一刻も早いほうがいい。萩尾たちはそれぞれ勘定を済ませて、レストランを出た。

「いや、それは勘弁していただきたいですね」

事務所にいる上条を訪ね、曜変天目の鑑定の件を申し入れると、すぐにそういうこたえが返ってきた。

萩尾は言った。

「八つ屋長治のせいで、マスコミも騒いでいます。噂が広まらないうちに、ちゃんと調べたほうがいいと思いますが……」

上条がむっとした顔で言った。

「搬入のときにちゃんと調べたじゃないですか。そのために、舎人さんもいらしたのでしょう?」

「それはそうなんですが……。このまま、偽物かもしれない、なんて噂が広まったら困るんじゃないですか?」

上条の表情が変わった。ちょっと狡猾そうな笑みを浮かべたのだ。

「いや、実はあまり困らないんです」

「は……？」

「偽物か本物か、話題になるでしょう。そうなれば、客足も増えます。とにかく話題になることが重要なんです」

なるほど、商売人というのはしたたかだ。転んでもただでは起きないというのは、こういうことを言うのだなと、萩尾は思った。

「しかし、警察としては、再度確認を取りたいのです」

「営業中は無理ですよ。せっかくいらしてくださったお客様を会場から締め出すことはできません」

「じゃあ、営業が終了してからならいいですね？」

「どうでしょう……。トーケイの久賀さんに聞いてみないと……」

「久賀さんに……？」

「トーケイでは、特製陳列ケースに絶大な信頼を置いています。つまり、あれに入れてさえおけば安全というわけです。鑑定するということは、あのケースから出すということでしょう？　それだけ盗難や破損のリスクが増えることになります」

「久賀さんはどこにいらっしゃいますか？　直接お話ししたいのですが……」

「記者たちの対応の後は、会場に詰めているはずです。呼んでみますか？」

「お願いします」

上条は、携帯電話を取り出してかけた。久賀が出たらしく、事務所に来てくれるように言った。

「すぐにいらっしゃるそうです」

電話を切ると、上条が言った。その言葉どおり、三分ほどで久賀が姿を見せた。

「お呼びですか?」

「ああ、警察の方からお話があるそうです」

久賀が、萩尾たちのほうを見た。

「何でしょう」

「曜変天目が本物かどうか、至急確認させていただきたいのですが……」

久賀はきっぱりと言った。

「その必要はありません」

「マスコミの対応をされておわかりのことと思います。世間に偽物だという噂が、あっという間に広まりますよ」

「私は、記者たちに対して、茶碗が偽物だという噂を否定しました。今回の搬入に当たっては、美術館のキュレーターと、そこにおいでの警視庁の捜査第二課の方が確認をされたはずです。あの時点で本物だったのなら、今も本物です。陳列ケースへの搬入はキュレーターの音川さんご自身が行い、我々はそれを見ておりました。偽物とすり替えることなど不可能だったのです」

「それはよくわかっているのですが……」

萩尾は、また頭をかいた。「とにかく、もう一度確認したいのです」

「貸し出しの契約で、陳列ケースへの茶碗の出し入れは、美術館のキュレーターの方しかできないことになっています」

「キュレーター以外の方が、茶碗を手に取って確認することはできないということですか？」

「はい」

「例えば、ここにいる舎人が茶碗の真贋を確認しようとしたら、どうなります？」

「他の人が茶碗に触れた瞬間に、展示は中止で、茶碗は美術館に戻され、デパートは違約金を支払うことになります。どうしてもお調べになりたいというのなら、令状をお取りになるしかないでしょう」

「令状か……。なんだか、話が大げさになってきたな」

萩尾の言葉に、久賀はかぶりを振った。

「国宝ですからね。決して大げさではないと思います」

萩尾は腕を組んで考え込んだ。

そのとき、舎人が言った。

「手を触れなければいいんですね？」

久賀は舎人を見た。

「陳列ケースを開けることもできません。それは私の権限で拒否します」

舎人がさらに言う。

「陳列ケースの外から見るのならいいわけですね？」

「ええ……。それなら、一般のお客さんと同じことですからね」

萩尾が舎人に尋ねた。

「外から見てわかるのか?」

「言ったでしょう。八つ屋長治にわかったのですから、僕にもわかるかもしれません」

萩尾は林崎に言った。

「やってみるか……」

「そうだな。確認しないわけにはいかないだろう」

上条が言った。

「陳列ケースの外から鑑定するにしても、営業が終わるのを待っていただきますよ。来場しているお客様に迷惑がかかりますからね」

萩尾は言った。

「わかりました。こちらはもともとそのつもりでしたので、問題はありません。では、営業が終了してからまた来ることにします」

萩尾たちはデパートをあとにした。


「さて、これからどうする?」

デパートの前で、林崎が言った。萩尾はこたえた。

「俺たちは、一度本部に戻る」

「わかった。何かあったら、連絡をくれ」

ＳＨＩＢＵＹＡ１０９の前で、林崎と別れた萩尾は、舎人に尋ねた。

「おまえさんも本部に戻るか？」

「僕はちょっと、寄るところがありますので……」

萩尾と秋穂は、地下鉄で警視庁本部へ向かった。

「あいつ、やっぱり変なやつですね」

地下鉄の中で、秋穂が言った。

「あいつって、舎人のことか？」

「そうです」

「あいつなんて言い方しちゃだめだって言ってるだろう」

「ずいぶんと礼儀知らずで、失礼なやつだと思っていたけど、もしかしたら天然なのかもしれないという気がしてきました」

「天然か……。そうかもしれない。だが、あの鑑定眼はたいしたものだ」

「オタクなのかもしれません。たぶん、自分が興味のあることはとことん追究するけど、それ以外のことは、まったく気にしないというタイプなんでしょうね。礼儀知らずに感じるのも、人との付き合いを気にしないからなんでしょうね」

「なんだ、あいつのことを理解しはじめたってことか。何だかんだ言いながら、あいつに興味があるんじゃないのか？」

「冗談じゃないですよ。興味なんてありません」

「でも、ずいぶんと気にしているじゃないか」

「気にしているわけじゃありませんよ。関わるからにはなるべく不快な思いをしたくないだけです」

「それが気にしているってことじゃないか」

「だとしても、プラスの感情じゃないですから」

秋穂が言うとおり、仕事をする上でなるべく不愉快な思いをしたくないということなのかもしれない。

だが、男と女というのは不可解なものだ。マイナスの感情が、何かのきっかけでプラスに変化することもある。

それきり秋穂は口を閉ざした。

萩尾は、八つ屋長治のことを考えていた。彼が、展示会にやってきて、曜変天目が偽物だと騒ぎ立てることのメリットは何だろう。

美術館からデパートに運ばれた茶碗が偽物だとしたら、本物はどこにあるのかという議論が、当然湧き上がる。

そこで長治がこれが本物だと名乗り出れば、長治はとんでもない商売をすることになる。なにせ国宝なのだ。何十億という売買になるだろう。そして、真贋を見破った長治の名はさらに上がる。名声を得れば、今後の商売に与える影響は計り知れず、彼の焼き物に関する鑑定眼に対する評価はゆるぎないものになる。

問題は、八つ屋長治がどこから、どうやって茶碗を入手するか、だ。

ダケ松の弟子が、そのための仕事をするものと、萩尾は読んでいた。だが、八つ屋長治は、ダケ松の弟子など知らない様子だった。

八つ屋長治が焼き物の価値を見抜くように、萩尾は相手の嘘を見抜くことができる。それには自信があった。

しかも八つ屋長治とは長い付き合いだ。彼が嘘をついたり、隠し事をしたりすれば、すぐにわかるはずだった。

萩尾の見立てによれば、八つ屋長治は、本当にダケ松の弟子のことを知らないのだ。

これはいったい、どういうことだろう。萩尾は首を捻った。ダケ松と八つ屋長治は、何の関係もないということなのだろうか。

だったら、ダケ松が取り調べのときに、唐突に八つ屋長治の名前を出したのはなぜなのだろう。

やはり、無関係とは思えない。だが、何かが間違っている。何が間違っているのかはわからない。もう一度、最初から考え直す必要があるかもしれない。

そういうときは、一人で考えるよりも、誰かの知恵を借りたほうがいい。本部に戻ったら、係長や秋穂と話し合ってみよう。

萩尾はそう思った。

18

「八つ屋長治の件、聞いたぞ」

萩尾と秋穂が戻ってきたのを見て、猪野係長が声をかけた。

萩尾は、係長席の前に立ち、秋穂がそれに並んだ。

「長治を渋谷署に引っ張って、話を聞きましたが、やつの目的がよくわかりません」

萩尾が言うと、猪野係長は天井を眺めて言った。

「目的なあ……。展示されているのが偽物だって言い立てることは、あいつのでかい仕事ってやつの一環なんだろうがな……」

「そうですね」

秋穂が言った。

「本当に、ただ曜変天目を見に来てみたら、それが偽物だったので、つい笑い出したってことはないですよね……」

「まあ、それも考えられなくはないが、可能性は低いな」

「それで、どうするんだ」

猪野係長が萩尾に尋ねた。「茶碗が偽物かどうか確かめなけりゃならないんだろう」

「デパート側や警備担当者は、その必要はないと言ってるんです」

「必要はない？」

「ええ。搬入のときにちゃんと確認しているから、偽物のはずがないと考えているようです。そして、偽物騒ぎで話題になれば、それだけ客足が伸びるということです」

「なるほど……。では、放っておけばいいということか」

「ま、そうもいかないでしょう。ですから、営業が終了した後に、舎人が確認すると言っています」

「二課の舎人か？」

「そうです。あいつ、学芸員の資格を持っていて、なかなかの目利きなんです」

「へえ……。人には何か取り得があるもんだな」

「曜変天目が本物かどうかがはっきりすれば、八つ屋長治の目的も、ある程度絞られてくると思います」

「もし、本物だったら……？」

「裏で偽物の茶碗を誰かに売りつけるつもりでしょう」

「偽物だったら、本物はここにあると言って商売するということだな」

「そういうことになると思います」

「じゃあ、その結果を待つとするか」

萩尾はうなずいてから言った。

「ダケ松のほうはどうです？」

「目黒署とうちの係員が張り付いているが、今のところ動きはない」

「まあ、昨日の今日ですからね……」

「自宅に引きこもっているらしい」

「誰とも接触していないんですね」

「誰も訪ねてきていない。電話で誰かと連絡を取っているかもしれないが、今のところは確認のしようがないな」

「そうですか……。実は、ちょっと気になることが……」

「何だ」

「ダケ松の弟子のことなんですが……」

「どうした」

「八つ屋長治にそのことを訊いてみたんですが、やつは知らない様子でした」

猪野係長は、眉をひそめた。

「待ってくれ……。ハギさんの読みだと、ダケ松の弟子が、何か重要なものを八つ屋長治のところに持ち込むんだったよな」

「ええ、タイミングから考えても、それが曜変天目じゃないかと思ったんですが……」

「長治がダケ松の弟子を知らないとなると、その推理が成り立たなくなる」

「しかし、ダケ松が誰かをかばっているのは間違いないですし、その人物が八つ屋長治の大仕事に関わっていることも間違いないと思います」

「八つ屋長治が、ダケ松の弟子を知らないというのは確かなのか?」

「いや、確証があるかと言われると困るんですが……」

「ハギさんはいつもそれだな。だが、結局ハギさんの読みは外れない」

「ダケ松の弟子についてだけは、長治は嘘をついていないと思うんです」

猪野係長は、ううんとうなって腕組みをした。そういう仕草をすると、本当に下町あたりの職人のように見える。

萩尾も少しばかり不安になってきた。筋読みをやり直さなければならなくなるかもしれないと思ったのだ。

そのとき、秋穂が言った。

「もしかしたら、長治はその人が、ダケ松の弟子だって知らなかったんじゃないでしょうか」

猪野係長が訊く。

「どういうことだ?」

「長治は、誰かと組んで大仕事をやろうとしている。その誰かって、たぶん窃盗を実行するやつだと思います。……で、そいつは実はダケ松の弟子なんですけど、長治はそのことを知らないんです」

猪野係長が腕組みを解く。

「そうか。それならハギさんの読みは、間違いなく成立する」

萩尾は言った。

「なんだか、無理やり俺の推理に、事実を当てはめようとしていませんか？」

猪野係長はかぶりを振った。

「いや、そんなことはない。今、武田が言ったことが、一番しっくりくるような気がする」

萩尾は考え込んだ。

「じゃあ、俺がカマをかけたことで、今頃長治はいろいろと調べ回っているはずですね」

猪野係長が萩尾を見つめたまま言う。

「長治は、ダケ松と接触するだろうか……」

「直接会うことはないでしょうね。ダケ松だって、監視がついていることは知っているはずです。だから彼はヤサに閉じこもっているのでしょう。連絡を取るとしても、せいぜい電話で話をするくらいだと思います」

「どちらかが動いてくれないと、俺たちも手の出しようがない」

萩尾は言った。

「いずれ動き出しますよ」

「そうだな」

猪野係長が言った。萩尾は会釈をしてから係長席を離れた。秋穂がぴたりとついてくる。

萩尾は秋穂に尋ねた。

「デパートの営業時間は何時までだ？」

「階によって違うようですが、展示会は午後七時までですね」

萩尾は時計を見た。午後三時を過ぎている。席に戻り、ノートパソコンを立ち上げた。今日のこれまでの出来事を、報告書にまとめておこうと思った。

刑事は、行動を逐一報告しなければならないし、それを記録に残しておかなければならないのだ。

ドラマなどでは外を駆け回ったり、取り調べをしたりしているシーンばかりだが、実は刑事は、こうして書類を書いている時間が長い。

秋穂も同じくノートパソコンを開いてキーを叩きはじめた。最近の若い警察官は、作文能力がないのだと聞く。

だが、秋穂はなかなかわかりやすい文章を書くと萩尾は思っていた。ちゃんとした文章を書ける者は、論理的に考えることができると言われている。おそらく、使う脳の部分が同じなのではないかと、萩尾は考えていた。

だから、刑事にとって文章を書くことは決して無駄ではないのだ。

萩尾は、ふとキーを打つ手を止めた。しばらく考えてから、秋穂に言った。

「ちょっと席を外す」

「どこ行くんですか?」

何も言わずに一人で行こうと思った。おそらく、秋穂と組んだばかりの頃ならそうしていただろう。

だが、今は彼女を信頼しているし、パートナーとして認めている。

「二課に行ってくる」

「二課……？　どうしてですか？」

「舎人がどうして一人で行動しているのか、やっぱり気になってな」

「あ、私も行きます」

萩尾はうなずいて歩き出した。秋穂が席を立ち、小走りに追ってきた。


捜査第二課には、ほとんど人がいなかった。捜査に出払っているのだろう。二課は、大がかりな捜査が多いので、ほぼ集団で動いている。また、本部庁舎内ではなく、どこかに前線本部を作ってそこに詰めていることが多いのだ。

知能犯捜査第一係と第二係は、庶務や資料整備、情報整理などの内勤の部署なので、ここにはたくさん人がいる。

萩尾は第二係に近づいて、一番端の席にいる若い係員に言った。

「特別捜査第二係の誰かに話を聞きたいんだけど……」

若い係員は怪訝な顔で言った。

「ええと……。あなたは……？」

「三課の萩尾っていうんだ」

「武田です」

若い係員は、秋穂のことが気になる様子だった。

「特別捜査第二ですか……。みんな出かけてるよなあ……。あ、待ってください。一人残ってますね……」

彼は離れた場所の、机の島を指さした。そこには、中年の私服姿の男がむっつりとパソコンを見つめていた。

「彼が特別捜査第二係？」

「そうです。柏井良吉《かしわいりようきち》巡査部長です」

萩尾は礼を言ってその場を離れ、柏井に近づいた。

「ええと、柏井さん？」

声をかけられて、彼は顔を上げ、不審そうに萩尾を見た。

「あんた、誰？」

「三課の萩尾ってモンだ」

「三課……？　三課が俺に何の用だ？」

柏井は、少々太り気味だ。赤ら顔で冴えない中年男だが、眼には刑事らしい力がある。

たしか舎人は警部補だった。柏井は、舎人よりはるかに年が上だが、先ほどの係員によれば、巡査部長だということだった。

「舎人のことについて聞きたいんだ」

「舎人の何が訊きたい？」

「彼は、贋作師を追っているということだけど、間違いないか？」

「あ、そうか。名の通った故買屋が、何か大仕事をやりそうだという話を聞いて、三課に話をしに行ったんだっけ……」

「話をしたのが俺たちだ」

「それで、何か問題でも……？」

「いや、舎人はよくやっていると思う。ただ、ちょっと気になることがあって……」

「何だ？」

「彼はいつも一人で現れるんだ。二課だって二人一組が基本だろう？　相棒は何をやっているんだろうと思ってな」

柏井がにやりと笑った。

「その相棒は、目の前にいるよ」

「あんたがそうなのか」

「そう。俺が舎人と組んでいる」

だいたい、警部補と巡査か巡査部長を組ませるので、階級だけ見れば、舎人と柏井が組んでいるのは不自然ではない。

だが、年齢が逆転している。五十代で巡査部長という警察官自体はそれほど珍しくはないが、たいていは所轄にいる。

試験を受けなければ昇級はできない。一方で、昇級はしそこなったが、経験豊富で実績もある刑事がいることは事実だ。そういう刑事が警視庁本部に呼ばれることもある。

おそらく、柏井はそういう刑事なのだろうと、萩尾は思った。

「どうしていっしょに行動しないんだ？」

萩尾が尋ねると、柏井は肩をすくめて言った。

「別に、必ずいっしょに行動しなけりゃならないわけじゃないだろう」

「そりゃ、そうだが……」

もしかしたら、柏井が舎人の言うことを聞かないのではないかと、萩尾は思った。柏井は舎人より十歳以上年上だ。だが、階級は舎人のほうが上なのだ。

そんなやつと組まされたことが面白くなく、ふてくされているのではないだろうか。それで、仕方なく舎人が一人で捜査をしているのかもしれない。

「それぞれの役割分担で、別々に行動したほうが合理的なこともあるんじゃないか」

「そりゃまあ、そうかもしれないが、二人で行動することのメリットもいろいろあるはずだ」

「舎人はそうは考えないんだよ」

「舎人が考えない……」

「そう。俺はあいつの考えに従っているだけだ」

「あんたが、舎人の考えに従っている……？」

萩尾は意外に思って、思わず聞き返していた。

「そうだよ」

「向こうのほうが階級が上だからか？」

柏井が苦笑した。

「みんなすぐに階級と年齢のことを言うけどね、俺はそんなことを気にしたことはない。刑事は階級で仕事をするわけじゃない」

「舎人はどういう考えなんだ？」

「それぞれに役割がある。普段はそれに従って単独で行動するほうが合理的だ。ただし、二人いっしょに行動したほうがいいときは、そうする。それが舎人の方針だ。俺は、長年刑事をやっているので、いろいろな分野に情報提供者がいる。情報集めが俺の役目だ。現場に出向いていって、実際の仕事をするのが舎人だ」

萩尾は、思わぬ話の展開に戸惑っていた。

「俺が現場に付いていっても、足手まといになっちまうんでね……。いやあ、あいつは若いのにたいしたもんだ。頭は切れるし、学芸員の資格も持っているんだ」

「いくら何でも、足手まといってことはないだろう」

「いや、俺なんかは舎人の足手まといでしかないね。あいつに任せておけば事件は解決するんだ」

「ずいぶんと舎人を買ってるんだな」

「あいつの実力は、いつもいっしょにいる俺が一番よく知ってるよ」

秋穂が言った。

「でも、あの人、礼儀を知りませんよね」

それを聞いて、柏井が声を上げて笑った。

「俺も若い頃は、ずいぶんと礼儀知らずでね。それもあって、いまだに巡査部長だ。舎人は余計なことは考えない。あいつにとって、警察内部の人間関係なんて、余計なことなんだよ」

「そういうの、警察内部じゃ損しますよね」

「だがあいつは、三十五歳で警部補さんだ。これからも出世していくと思うよ」

萩尾と秋穂は顔を見合わせていた。

柏井が尋ねた。

「それで、デパートの曜変天目のほうは、どうなんだい」

萩尾は言った。

「話は聞いてるんだね？」

「当然だろう。相棒だぜ」

「今夜七時過ぎに、舎人が陳列ケースの外側から鑑定することになっている」

「あいつの鑑定は間違いないよ。焼き物だけじゃない。書画骨董全般に詳しい。贋作の捜査に関しては、今のところあいつの右に出るやつはいないね」

「そうなのか」

萩尾は言った。「そりゃ、たしかにたいしたもんだな」

「俺みたいに、何の取り得もない刑事とは違うんだ」

秋穂が言った。

「でも、捜査の経験は豊富なはずです。そういうことを彼に教えたのは、柏井さんなんですよね」

柏井はにっと笑った。

「教えたよ。俺の捜査技術なんてたいしたもんじゃないが、たしかに彼はそれを学んでくれた。俺はね、俺が培《つちか》ったノウハウを舎人のようなやつに学んでもらって感謝してるんだ」

「そんな……」

「将来あんたが指導する立場になったとき、若くて才能と実力があるやつに出会ったら、きっと俺の気持ちがわかるはずだ」

そして彼は、萩尾を見て言った。「あんたらは組んでいるのかい」

「ああ。そうだよ」

「なら、俺の気持ちがわかるよな」

萩尾は、一瞬戸惑った後にこたえた。

「ああ。そうだな」

それ以上訊くことはなかった。萩尾は言った。

「邪魔したな」

萩尾は三課に戻った。

席に着くと、秋穂が言った。

「なんか、すごく意外でしたね。てっきり舎人は皆に見放されて、単独行動をしなきゃならないんじゃないかと思ってました」

「俺もそんなところじゃないかと思っていたんだ。いずれにしろ、はみ出し者なんじゃないかって……」

「まあ、ある意味、はみ出し者であることは間違いないですけどね……」

柏井と舎人は不思議な関係だと、萩尾は思った。だが、柏井に言われたとおり、理解できるような気がするのも確かだった。


萩尾は秋穂とともに、午後六時四十分に、デパートの事務所にいた上条を訪ねた。

上条が言った。

「鑑定をなさる舎人さんは……？」

「七時には、現場にやってくるはずです」

確認はしていないが、それは確実だと萩尾は思った。彼は単独行動をしているわけではなく背後に柏井がいる、ということがわかったからだ。きっと柏井が、連絡を取り合い、すべての段取りを整えているに違いない。そんな信頼感があった。

六時五十分には、渋谷署の林崎がやってきた。そのタイミングで、上条が言った。

「では、そろそろ移動しましょうか」

四人はエレベーターで移動した。会場にはトーケイの久賀がいた。フロアにはまだ、客が残っていた。営業が終了する時間になっても、完全に客が引けるわけではない。

午後七時を少し過ぎた頃、舎人が姿を見せた。柏井の話を聞いた後だからだろうか、ちょっと印象が違って見えるように萩尾は感じた。

なんだか、舎人が頼もしく見えたのだ。

七時二十分頃、ようやく客がいなくなった。

上条が言った。

「では、始めましょうか」

お預けを解かれた犬のように、舎人が足早に特製陳列ケースに近づいた。

萩尾たちもそれに続き、背後で舎人の様子を見守った。

舎人は、まず正面からじっと茶碗を眺め、さらに両脇から仔細に観察した。

「照明を明るくできますか?」

舎人にそう言われて、上条がスイッチを調節した。茶碗を照らしているスポットライトの光量が増した。

それから舎人は、何度か方向を変えて曜変天目を調べた。

体を起こすと、信じられないような顔で立ち尽くした。

萩尾は尋ねた。

「どうなんだ?」

舎人が萩尾たちのほうに、困惑の表情を向けて言った。

「これ、偽物です」

19

「偽物ですって？」

上条が戸惑いの声を上げた。

萩尾は言った。

「間違いないのか？」

舎人は、困惑した表情のままこたえた。

「間違いないです。これ、偽物ですよ」

「そんなはずはない」

トーケイの久賀が言った。「警備は万全だった」

「そうです」

上条が言う。「これが偽物であるはずがないんです」

「そうだ。俺たちも立ち会って確認している」

萩尾は舎人に言った。「そしてあんたも、搬入のときに本物であることを確認したはずだ」

舎人がこたえる。

「たしかに、あのときは本物だと思いました。高台の画像も確認しましたし……」

トーケイの久賀が、一同を見回して言った。

「キュレーターの音川さんと、舎人さんが確認をした。そして、皆さんの立ち会いのもと、その陳列ケースに茶碗を収めたんです。その後は、ケースを一度も開けていません。それは私が保証します。ですから、そこにある曜変天目が偽物であるはずがないんです」

上条が言った。

「もしそれが偽物だとしたら、ここに搬入されたとき、すでに偽物だったということになります」

「いや」

萩尾はかぶりを振った。「搬入されたときは、キュレーターの音川さんが本物であることを確認している」

林崎係長が言った。

「もしかして、美術館にあるときから偽物だったんじゃねえのかい」

それに対して、舎人がきっぱりと言った。

「いいえ、美術館にあるときは、間違いなく本物でした。僕と音川さんで確認しました」

「じゃあ、やっぱり、搬入のときにすり替えられたとしか考えられねえな」

久賀が言う。

「ですから、それはあり得ないんです。みんなで立ち会ったから、よくおわかりのことと思います。ここにいる全員が立ち会ったのですから……」

林崎がうなずいた。

「たしかにそのとおりだ。搬入のときにすり替えるのは不可能だ。そういえば、お嬢が言ってたな。空間に穴がないとしたら、時間に穴があるのかもしれねえって……」

秋穂が言った。

「もともとは、舎人さんが言ったことですけどね」

「つまり、美術館からここに運ばれる間が一番隙があるということだろう。その間にすり替えられたという可能性は……？」

久賀がこたえた。

「運搬の途中には何も問題はありませんでした。音川さんが、ずっと茶碗を収納したケースを抱えていらしたんです。美術館からここに来るまで、そのケースには、音川さん以外の人は一切手を触れていません」

上条が言った。

「つまり、この茶碗が偽物ではあり得ないということです」

それに対して、舎人が言った。

「でも、その曜変天目は偽物です。つまり、あり得ないことが起きたのです」

上条が久賀に言った。

「どういうことです。警備は完璧なはずじゃなかったんですか？」

久賀は困惑した表情のままこたえた。

「警備は完璧です」

「展示されている曜変天目が偽物なんですよ。これは大事じゃないですか」

食ってかかりたい気持ちはわかる。こういう場合、誰かに責任を取ってもらいたいと考えるのが人情というものだ。

たしかに久賀は警備責任者だから、こういう場合は責めを負うことになる。そのためにデパートはトーケイに高い金を払っているはずだ。

しかし、久賀だってどうしようもないのではないかと、萩尾は思った。たしかに警備上は何も起きていないのだ。

ただ、茶碗が本物から偽物に入れ替わっただけなのだ。

萩尾は上条に言った。

「茶碗が本物でも偽物でも、話題になればそれでいいとおっしゃってませんでしたか？」

上条は、少々むっとした様子で言った。

「そんなことは言ってません。偽物だという噂が立ってもかまわないと言っただけです。展示されている茶碗が偽物となれば、話は違ってきます」

久賀が言った。

「再度申しますが、搬送、搬入、そして展示中いずれの場合も、警備上は何も問題は起きておりません」

「茶碗が偽物にすり替わっているのが最大の問題じゃないですか」

「それは、不可抗力です。我々にはどうしようもないことです」

「それはいくら何でも無責任でしょう。あなたがたが、絶対に安心だというから、警備をお任せしたのですよ」

久賀の眼がすわってきた。上条の言い草に腹を立てはじめたのだろう。

「いいでしょう。責任を取れというのなら取りましょう。ただし、条件があります」

「条件……?」

「そう。曜変天目が、いつどのようにして偽物にすり替えられたのか。それを指摘していただき、もし、それが我々トーケイの落ち度だということがはっきりしたら、責任を取りましょう」

上条は、言葉を呑んだ。どうやって茶碗が偽物とすり替わったのか指摘することができないのだ。

上条ばかりではない。萩尾たち警察官にもわからない。

上条は、矛先をその警察官たちに向けた。彼は萩尾に向かって言った。

「あなたは、たしか泥棒の専門家でしたね」

「ええ、捜査第三課です」

「ならば、いつどうやって茶碗がすり替えられたか、突き止められるでしょう」

「いや、今のところ、私にはさっぱりわかりませんね」

「わからない?」

上条は言った。「警察も、トーケイ同様に無責任ですね」

上条は、自分の責任にされるのがよほど恐ろしいらしい。それで、誰かに責任を取らせようとしていたのだ。

自分たちが主催しているイベントで、国宝が偽物にすり替わったのだ。普通の神経の持ち主ならパニック状態になってもおかしくはない。

その心情を察して、萩尾はなだめるように言った。

「今のところと、私は申し上げたのです。もし、どこかで本物が偽物とすり替えられたのだったら、その方法と、誰がやったのかを、必ず突き止めます」

そのとき、舎人が言った。

「そういうことを言うこと自体が、無責任じゃないですか。本当に突き止められるんですか?」

おまえは、誰の味方なんだ。

萩尾は思わずそう言いたくなった。

火に油を注ぐ発言だ。上条が舎人に言った。

「警察にも突き止められないということですか?」

舎人がこたえた。

「少なくとも、僕にはどういうことなのかさっぱりわかりません」

上条が疑わしげな眼差しで、舎人に言った。

「茶碗が偽物だというのは、本当に確かなんですね」

舎人がうなずいた。

「本当ですよ」

「あなた一人の鑑定では、信憑性に欠けると思います」

「僕だけじゃないですよ。八つ屋長治も偽物だと見抜いたじゃないですか」

「彼には、何かの思惑があるのかもしれません。公正な鑑定をしたかどうか疑問です。ですから、陳列ケースの中の曜変天目をちゃんとした鑑定をしたのは、今のところ、あなただけということになります」

「間違いないんだけどなあ」

林崎が言った。

「美術館では、舎人といっしょにキュレーターが、本物であることを確認したと言ったな?」

萩尾がこたえた。

「そう。キュレーターの音川さんと舎人が確認した」

「舎人だけでは信憑性に欠けるというのなら、そのキュレーターに、もう一度見てもらえばいいじゃないか」

萩尾は上条に言った。

「どうでしょう。音川さんに来てもらっては……」

上条は躊躇していた。

デパートは美術館から茶碗を借りる立場だ。偽物にすり替わっているかもしれないなどと、美術館のキュレーターに、上条の口からは言いづらいのだ。

萩尾はさらに言った。

「確認してもらうべきだと思います。もし、ここにある茶碗が偽物ならば、できるだけ早く美術館の人に知らせて、対処の方法を検討すべきでしょう」

「対処の方法ですって？　曜変天目は国宝ですよ。それがこの会場で偽物にすり替わっただなんて……。いったい、どんな対処方法があるというんです」

「とにかく確認して事実を受け容れるしかありません」

萩尾の言葉に、上条はしばらく考え込んでいた。やがて、彼は意を決したように言った。

「わかりました。音川さんに連絡してみます」

上条は、携帯電話を取り出して、その場でかけた。

呼び出し音を聞いている。

萩尾たちは、上条に注目していた。しばらくして、上条が言った。

「だめだ。出ないですね」

上条は、そう言ってからかけ直した。二度目も結果は同じだった。

萩尾は、自分の携帯電話からかけてみた。呼び出し音は鳴るが、やはり音川は出ない。

「美術館のほうにかけてみましょう」

萩尾は美術館にかけたが、すでに閉館しているというアナウンスが流れるだけだった。

上条は、音川が出ないことで、むしろほっとした顔をしている。

茶碗が偽物かもしれないと美術館側に知らせるのを、一寸逃れにしたいのだ。

何か問題が起きたら、できるだけ早くそれに対応するよう努力すべきだ。早ければ早いほどいい。

なかなかそれができない。人はたいてい、物事を先延ばしにしようとする。そうすることで、何かが好転することを期待するのだ。

だが、決して物事は好転などしない。時間が経てばそれだけ事態は悪化する。

萩尾は秋穂に言った。

「音川さんが出るまで、かけつづけてくれ」

「わかりました」

秋穂は、携帯電話を取り出し、言った。「でも、変ですよね」

「変……？」

「噂、聞いてないんですかね」

「曜変天目が偽物だという噂か？」

「八つ屋長治は、その噂が広まることを目的として、あんなパフォーマンスをやったんですよね？」

「たぶん、そうだ」

「音川さん、美術館のキュレーターですよ。そういう噂に真っ先に反応するんじゃないですか？すぐにデパートに連絡してきそうなものですけど……」

萩尾は考え込んだ。

「どうだろうな……」

秋穂が言うことも理解できる。だが、必ずしも、当事者が噂に敏感とは限らない。ネットやマスコミには接触しないような生活をしている可能性もある。

「とにかく、かけてみてくれ」

「わかりました」

秋穂が呼び出しを始めた。

上条が言った。

「あれが、偽物だなんて……。いったい、我々はどうすればいいんでしょう」

泣き言が始まった。その気持ちはわからないではないと、萩尾は思った。

久賀が強い口調で言った。

「どう考えても、あの茶碗が偽物だとは思えない。そんなことはあり得ないんだ」

彼は舎人に言った。「偽物だというのは、間違いじゃないのですか?」

舎人はあっさりと否定した。

「間違いじゃありません。八つ屋長治の眼力も、たいしたものだと思いますよ」

「あんたの言っていることはおかしい」

久賀が舎人を責めはじめた。「美術館で本物であることを確認したんだろう。そして、搬入のときも、あんたは確認した。それから、何も起きていない。陳列ケースは一度も開けていないんだ。なのに、中にある曜変天目が偽物だとあんたは言う。そんなこと、あり得ると思うかね?」

舎人は肩をすくめた。

「あり得るも何も、実際に起きていることです」

「そんなの理屈に合わんじゃないか。今、陳列ケースの中にある曜変天目が偽物なら、美術館にあったのも、搬入のときに調べたのも、偽物でなければならない。理論的にはそうだろう」

舎人はうなずいた。

「そうですね。理論的には……」

「だが、あんたは美術館で見たのは本物だったと言う」

「僕だけじゃなくて、音川さんも確認しましたよ」

「そして、搬入のときも、茶碗は本物だったと言った」

「たしかに……。そのときも、音川さんがいっしょに確認しています」

「そんなのおかしいじゃないか」

上条が久賀に言った。

「警備上の責任を、その刑事さんに転嫁しようとしていませんか?」

「先ほども申しました。茶碗がいつどうやってすり替えられたかを示していただき、私どもの落ち度だということが明らかになれば、責任を認めます。そうでなければ、トーケイの責任とは言えません」

久賀たちのやり取りを聞いていて、萩尾はふと気になり、舎人に尋ねた。

「搬入の後、茶碗が偽物ではないかと気になったと言ったな」

舎人はうなずいた。

「そうですね。何か違和感がありました」

「つまり、その時点で偽物にすり替わっていたということだな」

「そうかもしれません」

「だとしたら、やはり搬入時にすり替えられたんじゃないだろうか」

久賀が萩尾に言った。

「どうやって？　ここにいる人はみんな搬入時に立ち会っていたじゃないですか。何か妙なことがありましたか？」

「特に気づいたことはなかった」

「でしょう？　何かあれば対処できます。でも、何も起きていないんです。我々だって対処のしようがありません」

「何も起きていないですって？」

上条がまた久賀に嚙みついた。「国宝が偽物とすり替わっているというのに、何も起きていないと言うのですか？」

「物理的に目の前で何も起きなかったということです」

「物理的だろうが何だろうが、起きたことは事実です」

「では、何が起きたのか説明してください」

「それは、警備責任者のあなたの役目でしょう」

「残念ながら、私には何が起きたのかさっぱりわからないのです」

それは、萩尾にしても同様だった。

萩尾は舎人に尋ねた。

「これは、普通の盗人の手口じゃない。詐欺師なんかの手口だと思う」

舎人は、あまり危機感のない表情で言った。

「そうですね」

「だとしたら、あんたの専門だろう。すり替えた者がいたとしたら、そいつはいったい、どうやったんだ？」

「言ったでしょう。僕にもさっぱりわかりません」

そのとき、音川に電話をかけつづけていた秋穂が言った。

「あのお、搬入のとき、何もなかったと皆さんおっしゃいますけど……」

一同が、秋穂に注目した。

萩尾は尋ねた。

「何だ？　何か気になることがあったのか？」

「美術館で見た曜変天目は本物だった……。それは間違いないんですね？」

舎人がこたえた。

「間違いない」

「そして、今陳列ケースの中にある曜変天目は偽物。それも間違いありませんね」

舎人がうなずいた。

「うん。偽物だ」

「そして、茶碗を陳列ケースに入れてから、一度も開けていないんですね？　警報も鳴っていない……」

その質問には、トーケイの久賀がこたえた。

「ケースは開けていないし、警報も鳴っていない」

「つまり、茶碗は搬入したときのままだということですね」

「そう。ケースに入れたときのままです」

「だとしたら、やはり、搬入のときには偽物だったということですね」

「だから、何度も言ってるだろう」

舎人が言った。「陳列ケースに入れるときに、僕と音川さんが……」

そこまで言って、彼は沈黙した。何かに気づいたような様子だった。

秋穂が言った。

「茶碗を陳列ケースに入れるとき、不自然なことがあったと思うんです」

20

舎人を除く皆が、怪訝そうな顔で秋穂を見つめていた。舎人はすでに秋穂が何を言いたいのか気づいている様子だ。

萩尾は秋穂に尋ねた。

「不自然なことって、何だ?」

「舎人さんが高台を確認したいと言ったとき、音川さんは、スマホで写真を撮ってその画像を舎人さんに送ったんです」

上条が怪訝そうな表情のまま言った。

「貸し出しの契約で、キュレーター以外の人が茶碗に触れることが許されないんです」

久賀もそれを補うように言った。

「その場で撮影した画像を送ったのだから、何も問題はないだろう」

秋穂が言った。

「あのとき、私たちはそろって茶碗を見ていました。だから、あの場で茶碗が入れ替わることは不可能です」

久賀がうなずく。

「もちろん、そうだ」

「でも、画像は入れ替えられます」

久賀が眉をひそめて声を上げた。

「何だって……」

「音川さんは、あのときたしかに茶碗の高台をスマホで撮影しました。でも、舎人さんに送ったのがその画像とは限りません。それを、音川さん以外の誰も確認していないのです」

萩尾は、あっと思った。

「つまり、あらかじめ撮っておいた本物の高台の写真を送ることができたということだな」

秋穂はうなずいた。

「そういうことです」

舎人が、相変わらず危機感のない口調で言った。

「なあるほどね。僕が見たのは、本物の曜変天目の高台の画像。でも、陳列ケースに納められたのは偽物だったということだね」

上条が言った。

「え……。音川さんが舎人さんに、別の画像を送ったということですか？　でも、何のために……」

萩尾は上条に言った。

「本物の茶碗を偽物とすり替えるのは不可能に見えます。でも、一人だけそれを可能にできる人物がいます」

上条が驚きの表情で言った。

「あ、音川さん……」

「そういうことです」

萩尾はうなずいてから、秋穂に尋ねた。「音川とはつながらないのか?」

「つながりません」

林崎が言った。

「ハギさんよ。音川のやつは、すでにトンズラかもしれねえ。手配したほうがいい」

「そうですね」

林崎は、携帯を取り出して部下に指示を与えた。

上条が言った。

「音川が茶碗をすり替えたということは、デパートの責任ではなく、美術館側の責任ということになりますね」

それを聞いて、久賀が言う。

「トーケイの責任でもないということです。想定外の事態で、まさに、不可抗力ですからね」

萩尾は二人を見て言った。

「そういうことになりますね。しかし、展示されている国宝が偽物ということになれば、これ以上展示会を続けるわけにはいきませんね」

上条がとたんに険しい表情になった。

「催事を中止すると、どれだけの損害になるとお思いですか。開催してしまったものは、続けるしかありません」

舎人が言った。

「偽物だとわかっているのに、本物だと偽って展示と商行為を続けると、詐欺罪になりますよ」

「そんな……。搬入のときは警察の方々も立ち会われたじゃないですか。そして、陳列ケースに納めるときには、あなたが鑑定されて本物だとおっしゃったんです。あなたは警察官でしょう？　つまり、警察にも責任はあるわけじゃないですか」

「それとこれとは別問題です。詐欺罪を見逃すわけにはいきません」

上条は困惑しきった表情で言った。

「こんなことなら、警察の方に立ち会っていただかなければよかった……」

気の毒だとは思った。だが、舎人が言うとおり、違法行為を黙認することはできない。

萩尾は引きあげ時だと思った。

「では、我々はこれで失礼します」

上条と久賀は形ばかりの礼をした。


デパートを出ると、林崎が言った。

「これからどうする？　本部に戻るのか？」

萩尾は、一瞬考えてからこたえた。

「渋谷署に寄っていいか？」

「もちろんだ」

「音川の行方を追わなければ……」

「すでに手配済みだ」

徒歩で渋谷署にやってきた。

舎人もいっしょだった。萩尾は、てっきり彼は姿を消すものと思っていた。彼には彼のやるべきことがあるはずだ。

いつも、一人で消えていく印象がある。だが、今回は萩尾たちと行動を共にすることにしたようだ。

渋谷署に着くと、林崎が小会議室を押さえてくれて、そこに萩尾、秋穂、舎人の三人を案内した。

林崎は自分の席で、捜査員たちに今後の指示を与えるようだ。取りあえず、音川の足取りを追うのが最優先だ。

萩尾は、秋穂に言った。

「美術館の責任者と連絡を取りたい」

「館長の自宅にかけています」

すでに秋穂は携帯電話を耳に当てていた。言われる前に調べていたのだ。

舎人は、ぼんやりと宙を眺めている。何かを考えているのだろう。柏井が言ったように、おそらく舎人は優秀なのだろう。だが、こうして見ると、ぼうっとしているようで印象はあまりよくない。

秋穂が携帯電話を差し出した。

「美術館の館長が出ています。志方進《しかたすすむ》さんです」

萩尾は電話を受け取って言った。

「警視庁の萩尾と言います。志方進さんですね」

「そうですが……」

穏やかな声音だが、不安が滲んでいる。年配者の声だ。おそらく六十代後半か七十代だろう。

そもそもこの美術館は、旧財閥系企業の二代にわたる社長のコレクションをもとに設立された。

そこの館長職は、もしかしたら系列会社の定年後の再雇用先なのかもしれないと、萩尾は思った。

不安気な様子なのは、突然警察から電話がかかってきたせいに違いない。

「デパートの催事のために貸し出された曜変天目ですが、搬送の途中で、偽物とすり替えられた恐れがあります」

「え……」

それきりしばらく、志方は絶句していた。

驚きと衝撃のあまり、言葉が出てこないのだろう。あるいは、何を言われたのか、咄嗟に理解できなかったのかもしれない。

「展示されている曜変天目が、偽物の恐れがあるのです」

「それはいったい、どういうことですか……」

相手の質問にこたえている暇はない。

「キュレーターの音川さんについて、少々うかがいたいことがあります」

「音川について……？　どのようなことでしょう」

「彼は、そちらで働きはじめて長いのですか？」

「彼がうちに来たのは、六ヵ月ほど前のことです」

「その前は、何をしていらしたのですか？」

「イギリスでキュレーターの勉強をしていたということです。真面目で、とても優秀な人材なので、めっけもんだと思っています」

「彼が、茶碗をすり替えた疑いがあります」

「何ですって……」

「現在、彼とは連絡が取れません。彼がどこにいるか、ご存じではありませんか？」

「すでに閉館していますから、自宅に戻っているのではないですか？」

「彼の住所を教えていただけますか？」

「ちょっと待ってください」

保留にもならずに、そのまましばらく待たされた。やがて、再び志方の声が聞こえてきた。

「音川の住所は、世田谷区駒沢二丁目……」

萩尾はそれをメモして、秋穂に渡した。秋穂は、すぐに小会議室を出て行った。メモを林崎に渡すのだ。

　舎人は相変わらずぼんやりしているように見える。

「音川が茶碗をすり替えた疑いがあるとおっしゃいましたね？」

「はい」

「それは、彼が本物の曜変天目を持ち去ったということなのですか？」

「その恐れがあります」

「何ということだ……。国宝ですよ」

「私たちにも、ことの重大さはわかっています。全力で音川さんの行方を追っています」

「もし、本当に茶碗がすり替えられたのだとしたら、とんでもないことです。曜変天目は世界に三点しかないのです」

　四点とする説もあるが、そのうちの一つは曜変天目というより、油滴天目ではないかという意見がある。

　萩尾は言った。

「よくわかっております」

「もし、本物が持ち去られたのだとしたら、被害届を出さなければなりません」

「捜査員をそちらに行かせます」

「デパートに展示されているのが偽物だというのは、本当のことなのですか？」

「残念ながらそのようです」

「ならば何としても、本物を取り返してください」

「わかりました。では、また連絡させていただきます」

萩尾は電話を切った。そこに、秋穂が林崎を連れてもどってきた。

林崎が言った。

「今、音川の自宅に捜査員が向かっている」

萩尾はうなずいた。

「猪野係長に言って、本部からも人を出してもらおう。八つ屋長治の周辺の動向を探る必要がある」

「そうだな」

萩尾は、すぐに猪野係長に電話をした。

「はい、捜査第三課第五係」

「萩尾です。デパートで展示中の曜変天目は、偽物の恐れがあります」

「曜変天目が偽物……?」

萩尾は、これまでにわかったことを、かいつまんで説明した。話を聞き終えると、猪野係長は言った。

「えらいことになったな、ハギさん」

「八つ屋長治の手に本物の曜変天目が渡る可能性があります。動きを探りたいんですが……」

「わかった。それはこっちでやっておく。しかし、美術館のキュレーターが犯人とはな……」

「まだ確証があるわけではありません」

「ならば、確かな証拠を見つけるんだ」

「ダケ松のほうはどうです？」

「動きはない。……というより、もうダケ松は関係ないだろう。弟子が茶碗を盗むっていう推理は外れだったんじゃないのか」

「いや、外れじゃないかもしれません」

「どういうことだ？」

「音川が、ダケ松の弟子だとしたら……」

「おい、ハギさん。そいつは、いくら何でも強引なんじゃないか？」

「おそらく、間違いありません。音川はダケ松と関わりがあるはずです」

「じゃあ、引き続き、ダケ松を張る必要があるということだな？」

「すいませんが、お願いします」

「八つ屋長治のほうに人を割《さ》かなけりゃならないんで、ダケ松のほうは、ちょっと手薄になるぞ」

「俺たちもそっちに回ります」

「任せるよ。じゃあな」

　電話が切れた。

林崎が怪訝な顔で萩尾に尋ねた。

「音川が、ダケ松の弟子だってのは、いったい何のことだ?」

萩尾は説明を始めた。

「八つ屋長治の大仕事というのは、やはり曜変天目を入手することだった」

「ああ、偽物にすり替えられたんだから、それは間違《まちげ》えねえだろうぜ」

「そして、自分では盗みをやらない八つ屋長治の計画で、最も重要な役割を果たすのは、茶碗を実際に入手して八つ屋長治のもとに持ち込む人物だ」

「それが、キュレーターの音川だったわけだ」

「当初、俺はダケ松の弟子がその役割を担うと考えて、ダケ松をマークしていた」

「そのようだな。それで、目黒署の茂手木がへそを曲げちまったわけだ」

「ダケ松の様子からして、八つ屋長治の計画に、やつの身内が関係していることは間違いない」

「その二つの条件を満たすこたえが、ダケ松の弟子は音川だ、ということか?」

「そうだ」

「うーん」

林崎は考え込んだ。「たしかに、条件は満たすんだが……」

ぴんとこない様子だ。

秋穂と舎人は何も言わない。諸手を挙げて賛成という態度ではなかった。

だが、萩尾には確信があった。

「実はな、二課の柏井が舎人について言ったことを聞いて、ダケ松と弟子の関係に気づいたんだ」

舎人が驚いた顔で言った。

「え、柏井さんが……。何を言ったんです?」

「彼はな、自分の教えを、あんたが学んでくれたと言ったんだ」

「学んでくれた……」

「そう。彼のノウハウを、あんたのように優秀な人に学んでもらって、感謝していると言っていた」

林崎が萩尾に言った。

「それが、ダケ松の気持ちと同じだということか?」

萩尾は林崎を見て言った。

「ようやく納得がいったんだ。それまで、ダケ松が弟子を守ろうとする気持ちが、イマイチ理解できなかった」

林崎が言う。

「自分の弟子を守ろうとするのはあたりめえのことだろうぜ」

「自分が捕まってまで、守ろうとするのはよほどのことだよ。ダケ松は、きっとその弟子の才能や技量に惚れ込んだんだ。自分の技術を継いでくれることを光栄に思うほどにな」

「なるほどな……。それが音川なら納得がいくということか」

「イギリスに行ってキュレーターの勉強をしたと、美術館の館長が言っていたが、それはたぶん本当のことだろう。音川は、本物の鑑定眼を持っていた。そして、おそらく贋作の腕もな」

「贋作の腕？」

「そう。すり替えに使った偽物の曜変天目を作ったのは、音川自身だと思う。舎人は贋作師を探していた。それが音川だったということだ」

林崎と秋穂が舎人を見た。萩尾も同様に視線を移した。

そして驚いた。

舎人がぽろぽろと涙を流していたのだ。

秋穂が尋ねた。

「どうしたんですか？」

舎人がしゃくり上げながら言った。

「柏井さんが、そんなことを言ってくれるなんて……」

その言葉に、萩尾はさらに驚いた。三人は言葉もなく舎人を見つめていた。まるで、子供のような反応だった。

舎人はさらに言った。

「柏井さんだけだったんです。僕のことをわかってくれるのは……。僕だって、みんなとうまくやっていこうと思っていました。でも、だめだったんです。どうしていいかわからなくなったとき、柏井さんが言ってくれたんです。おまえはそのままでいい。好きなようにやれって……」

萩尾は言った。

「まさに、優秀な弟子を持った師の言葉だ」

舎人は涙を拭き、気を取り直したように言った。

「音川が贋作師だというのは、おそらく間違いないと思います」

林崎が舎人に尋ねた。

「そう思う根拠は?」

舎人はさらに涙をぬぐってこたえた。

「本物と偽物をすり替えるという計画は、まず偽物があって成立するからです。すり替えを実行する犯人が偽物の茶碗を所有していなければ、そもそも計画が成り立ちません」

「誰か他の者が作った偽物を、音川が入手したのかもしれない」

「贋作師には、独特の雰囲気があるんです。音川にはその雰囲気がありました」

「雰囲気か……」

林崎が顔をしかめる。「それじゃ根拠にならねえな」

萩尾は言った。

「そういうものこそ、刑事に大切なんじゃないのかい」

「そういうもの?」

「そう。形や言葉にできない感じだ。俺はそう思う。そう言えば、武田も初めて音川に会ったとき、何か演技をしているようだと言ったな」

秋穂がうなずいた。

「たしかにそう感じました」

萩尾は言った。

「いずれにしろ、音川が茶碗のすり替えの実行犯であることは、ほぼ間違いない」

林崎が言った。

「問題は、今どこにいるか、だ」

「ダケ松だ……」

萩尾は言った。「茶碗のすり替えが行われたことを知ったら、やつはきっと何か動きをみせる」

「監視してるんだよな?」

「手薄になると、猪野係長が言っていた」

「ハギさんと、お嬢はそっちに行ってくれ。ここは俺が引き受ける」

「わかった」

萩尾と秋穂は、林崎と舎人を残して、小会議室を出た。

21

午後八時半頃に、ダケ松が住むアパートの前に到着した。

近くで捜査員が張り込んでいるはずだ。萩尾は慎重に周囲を見回した。細い路地が交差する住宅街だ。人通りはないが、街灯に照らされ、路地は明るい。秋穂が小声で言った。

「萩尾さん、あそこ……」

彼女が指さす場所を見ると、建物の陰からこちらを見ている人影があった。

萩尾はその人影に近づいた。そばに行くと、二人連れであることがわかった。同じ係の若手二人だ。

「ごくろう」

二人は会釈をした。

「どんな様子だ？」

年上のほうの捜査員がこたえる。湯島《ゆしま》という名だ。

「動きはありません。ずっと自宅に引きこもったままです」

「誰か訪ねてこなかったか？」

「自分らが張っている間は、誰も来ていませんね。出前も宅配業者もなしです」

「交代しようか」

「自分らはまだだいじょうぶです」

「じゃあ、俺たちは裏手に回る。俺と武田の電話番号は知っているな?」

「はい」

「何かあったら、すぐに連絡をくれ。こちらもそうする」

「了解しました」

萩尾は秋穂とともに、彼らのもとを離れ、細い路地を進んで、アパートの裏手に回り込んだ。

両隣の民家が隣接しており、アパートの裏手に行くには、大きく迂回しなければならなかった。

ダケ松の部屋に明かりがついていた。裏側の一階は縁側、二階はベランダになっており、ガラス戸がついていた。

カーテンが閉まっており、ダケ松の部屋の中の様子はわからない。

秋穂が小声で言った。

「ずっと動きがないって……。ダケ松、無事なんでしょうね」

萩尾はカーテンで閉ざされたガラス戸を見つめたまま言った。

「心配ない。あいつはああ見えて、けっこう頑丈なんだ」

「でも年が年だから……」

「これまで動きがなかったのは、自分がへたに動けば、音川に迷惑がかかると思っていたからだろう。だが、八つ屋長治が曜変天目を偽物だと言った件は、じきにやつの耳に入る。そうなれば、黙ってはいられなくなるはずだ」

「音川に会いに行くと……」

「いや」

萩尾は言った。「ダケ松が会いに行くとしたら、相手は音川じゃない」

「じゃあ、誰ですか？」

「八つ屋長治だよ」


張り込みを始めてから一時間経った。十月の初旬というのは、暑くもなく寒くもない。張り込みにはもってこいだなと、萩尾が思っていると、部屋の明かりが消えた。

秋穂が言う。

「まだ九時半です。寝るには早いですよね」

「そうだな。やつらは夜行性だからな」

萩尾の携帯が振動した。湯島からだった。

「ダケ松が、外出します」

「尾行するぞ。ハコで行く」

「了解」

ハコというのは尾行のテクニックの一つだ。四方から取り囲むような形をキープしたまま移動する。高度な技量を要するが、まかれる心配が少ない。

ダケ松は、萩尾はもちろんのこと、秋穂や湯島の顔も知っている。だから、尾行は難しいが、なんとかやるしかない。

ダケ松は東急東横線に乗った。上り電車なのですいている。萩尾は注意深く隣の車両に乗った。

ダケ松は、まったく周囲を警戒していないように見える。

だが、油断はならない。彼は、尾行がついていることを知っているはずだ。

「ぜんぜん手ごたえがありませんね……」

秋穂が言った。萩尾も同じことを感じていた。

「尾行したきゃしろって態度だな」

「あ、乗り換えますよ」

ダケ松は中目黒で、地下鉄日比谷線に乗り換えた。尾行で神経を使うのは、こういう時だ。

対象者といっしょに移動しなければならないので、尾行に気づかれたり、まかれたりする。

だが、やはりダケ松は、尾行のことなどまったく気にしていない様子だった。先ほどと同様に
隣の車両からダケ松を見張る。

思い詰めたような様子だ。

秋穂が言った。

「日比谷線ということは、やっぱり萩尾さんが言うとおり八つ屋長治のところですね」

八つ屋長治の店舗兼自宅の最寄りの駅は、日比谷線とＪＲ京葉線が乗り入れている八丁堀だ。

萩尾はうなずいた。

「間違いないだろう」

「何のために会いに行くんでしょう」

「問題は、それだな……」

盗人は、他人の仕事に口出しはしない。彼らの世界にも仁義があり、それをないがしろにしては生きてはいけないのだ。

ダケ松は、いやというほどそのことを知り尽くしているはずだ。だから、今さら曜変天目を盗んだことを、あれこれ言うはずはないと、萩尾は思った。

そして、ダケ松の態度が気になっていた。

警察の尾行を振り切ろうともせず、ただじっと何事か考えている様子だ。

思い詰めたような顔つきが気になった。

秋穂は話しかけてこなくなった。これ以上電車の中で話をするのはまずいと考えたのだろうし、ダケ松に集中したかったのかもしれない。

萩尾も無言で考えていた。

ダケ松は、八つ屋長治が大仕事を計画していたことを知っていた。弟子の音川がその計画に一枚噛んでいるからだ。

デパートでの一件で、八つ屋長治の計画がうまく運んだことを知ったダケ松は、居ても立ってもいられない気持ちになったことだろう。

だが、音川に会うわけにはいかない。自分に警察の監視がついていることを知っているからだ。会いに行ったり、呼びつけたりしたら、弟子が音川であることを警察に教えることになる。

となると、八つ屋長治に会いに行くしかない。萩尾は消去法で考えた。

ダケ松が八つ屋長治と会って何をしようとしているのかはわからない。もしかしたら、ダケ松本人にもわかっていないのではないかと、萩尾は思っていた。

とにかく会わずにはいられないのだ。

弟子を巻き込んだことに腹を立てているのかもしれない。あるいは、まったく逆で、大仕事をやってのけたことへの祝いの一言でも言うつもりかもしれない。

ダケ松の出方がまったく読めないのだ。

とにかく尾行して様子を見るしかないと、萩尾は思った。

思ったとおり、ダケ松は八丁堀駅で地下鉄を降りた。萩尾たち四人はすぐに尾行を再開する。

ダケ松が路上に出たら、ハコを展開するつもりだった。すでに、湯島たち二人は別の出口から地上に向かっている。

出口の階段を上ると、ダケ松は、東に向かった。

萩尾は、おやと思った。八つ屋長治の店舗兼自宅とは逆方向なのだ。

車道を渡り、反対側の歩道を進んでいる秋穂も、怪訝そうに萩尾のほうを見ていた。萩尾は秋穂にうなずきかけた。そのまま尾行しろと無言で伝えたのだ。

やがてダケ松は、水路の岸へ下りて行った。あたりは暗く人気がない。

この水路は、隅田川に続いており、八丁堀という地名の由来となった掘り割りの一部だ。両岸は細長い歩道のようになっている。

ところどころに船着き場がある。ダケ松は、その岸に下りて行ったのだ。

刑事たちは、岸まで下りることはできない。ダケ松は尾行に気づいているだろうが、とはいえ、あからさまに姿をさらすことはできない。

萩尾は建物の角から、ダケ松の様子を見ていた。水路の周辺は街灯もなく、暗い。ダケ松の姿は、黒いシルエットになっている。

秋穂が萩尾の元にやってきた。

「こんなところで、何をする気でしょう」

萩尾はこたえた。

「待ち合わせだろうな」

ややあって、湯島とその相棒もやってきた。今はただ、ダケ松の様子を見守るしかない。

湯島が言った。

「誰か来ました」

和服姿だ。萩尾は言った。

「八つ屋長治だ」

「そうですね」

秋穂が言う。「でも、どうして自宅で会わないんでしょう」

「その理由は、もうじきわかるだろう」

ダケ松と八つ屋長治は、何事か話をしている。離れているので、二人が何を話しているのかわからない。暗くて表情も見えない。

だが、もっぱらダケ松のほうが話をしているようだ。大仕事の祝いという雰囲気ではない。何かの交渉事だろう。

その交渉は決裂したようだ。

ダケ松は、腹を立てた様子で、八つ屋長治を突き飛ばし、その場を去ろうとした。そのダケ松の前に、三人の男が立ちはだかった。

八つ屋長治は、少し離れた場所で、その様子を眺めている。

「やばい雰囲気ですね」

湯島がささやく。それを受けて、秋穂が言った。

「踏み込みますか?」

萩尾は言った。

「まだだ」

やがて、三人組がダケ松を取り囲んだ。一人が襟首をつかみ、鳩尾《みぞおち》に膝を打ち込む。体をくの字に折ったダケ松の顔面に、拳が飛んだ。

ダケ松はあっけなくひっくり返った。それを三人が取り囲み、蹴りつけようとする。

萩尾は言った。

「今だ」

湯島とその相棒が飛び出した。大声が聞こえる。

「止めろ、警察だ」

三人は湯島たちに任せた。全員を検挙できなくてもいい。

萩尾は、まっすぐに八つ屋長治のほうに向かった。長治は慌てて逃げようとしている。だが、岸から上がる階段を秋穂が押さえていた。

萩尾と秋穂は、八つ屋長治を挟み撃ちにした。

萩尾は言った。

「板垣長治。現在午後十時十四分。暴行傷害の現行犯で逮捕する」

萩尾は手錠を出した。

八つ屋長治が言った。

「萩尾のダンナ。これは何の冗談です？」

「俺は冗談が嫌いなんだよ」

秋穂が応援のパトカーを呼んだ。身柄を移送するためだ。湯島とその相棒が、二人の男に手錠をかけて連れてきた。

湯島が言った。

「一人は取り逃がしました」

萩尾は言った。

「別にいいさ。問題は、そいつらと八つ屋長治の関係なんだ」

長治が言った。

「何の話ですか。俺はそいつらとは何の関係もありませんよ。ただ通りかかっただけです」

「通りかかっただけね……」

萩尾は言った。「俺は、ずっと様子を見ていたんだが、そうは見えなかったな」

長治がふてくされたように、そっぽを向いた。

萩尾は、秋穂に尋ねた。

「ダケ松は、どうした」

すると水路のほうから、本人の声がした。

「ここにいるよ」

彼は、唇から血を流しており、それをティッシュで押さえている。「遅いじゃねえか」

萩尾は言った。

「ふん。こういう展開を読んで、俺たちをここまで引き付けてきたってわけか」

「おかげで、八つ屋長治を挙げられたじゃねえか」

「別件じゃあしょうがない」

「別件で挙げておいて自白を取るってのが、警察の得意技じゃねえのかい」

「それがうまくいくとは限らんよ」

パトカーのサイレンが聞こえてきた。所轄のパトカーだ。

湯島が萩尾に尋ねた。

「身柄はどこに運びます?」

「曜変天目の関連だ。渋谷署に運ぼうと思うが、来るのは中央署のパトカーだよな」

湯島が笑った。

「そんなこと、気にすることないですよ。渋谷署ですね？　自分がパトカーの連中にそう言います」

パトカーとミニバンの捜査車両が到着して、八つ屋長治こと板垣長治他二名の被疑者と、ダケ松を渋谷署に運ぶことになった。

湯島が言ったとおり、他の所轄に身柄を運ぶことに文句を言う中央署員は一人もいなかった。

渋谷署には、まだ林崎係長と舎人が残っており、音川の行方を追っていた。

八つ屋長治らの身柄を届けると、林崎が戸惑ったように萩尾に言った。

「ええと……。暴行傷害の現行犯だよな。……ということは、まず強行犯係に引き渡さなきゃならねえか……」

萩尾は言った。

「曜変天目の件と関連があるはずだ。こっちで取り調べをやろう」

「別件逮捕については、最近うるさいぜ。違法捜査の疑いがあると、弁護士たちが騒ぐんでな……」

「余罪の追及は、当然の措置《そち》だよ」

「ちょっとニュアンスが違うけど、まあいいか……」

「ダケ松に直接手を下した二人は、強行犯係に任せてもいい。ただ、八つ屋長治との関係をきっちりと聞き出してもらいたい」

林崎はうなずいた。

「わかった。強行犯係にはそう伝えよう」

「八つ屋長治の取り調べを始めてくれ。俺はまず、ダケ松から話を聞く」

「取調室を用意しようか？」

「いや、どこか座って話せるところなら、それでいい」

「じゃあ、さっきの小会議室を使ってくれ」

それを秋穂に伝えて、萩尾は先に小会議室に向かった。

舎人が所在なげに腰かけていた。一人だけ暇そうにしているが、別に腹は立たなかった。彼なりに何か考えているはずなのだ。

そして、無駄なことはしない主義なのだろう。それ自体は決して悪いことではない。その点が誤解されやすいのだ。

人は長く生きている間に、他人の顔色を見て、それに合わせようとする習性を身につける。そのほうが生きやすいからだ。

だが、それがうまくできない人がいる。そして、それも悪いこととは言い切れないのだ。

他人に合わせるというのは、ある部分、自分を殺すことにもなりかねない。それをせずに何かを成し遂げるという人物もいる。

舎人はおそらくそういう種類の人間なのだ。萩尾は声をかけた。

「音川の行方は？」

「手がかりがありませんね」

「打つ手なしか……」

「そちらで何か考えがあったんじゃないですか？」

「ダケ松を張っていれば、音川が姿を見せるんじゃないかと思ったんだが……」

「ダケ松って、音川の盗みの師匠でしたね」

「おそらく、そうだ」

「八つ屋長治に会いに行って、襲撃されたって聞きましたよ」

「ああ。ここで話を聞くつもりだ」

「まだ、あきらめるのは早いと思いますよ」

「何の話だ？」

「ダケ松がひどい目にあったんでしょう？」

「ああ、そうだ」

「そして、八つ屋長治の身柄を取ったんですよね」

「暴行傷害の現行犯逮捕だ」

「音川が姿を見せるかもしれません」

萩尾は首を捻った。

「それは、希望的観測ってやつじゃないのか」

そこに、秋穂がダケ松を連れてきた。

ダケ松を向かい側の席に座らせると、萩尾は言った。

「さて、俺たちを引き連れて八つ屋長治に会いに行った目的を、ちゃんと話してもらおうか」

22

「八つ屋長治をとっ捕まえたかったんだろう？　望みを叶えてやったってわけだよ」

ダケ松の言葉を、秋穂と舎人は無言で聴き入っている。秋穂は萩尾の隣で供述をまとめるためにパソコンを開いている、舎人だけが離れた席に座っていた。

この距離の取り方も舎人らしいと、萩尾は思っていた。

「おまえの手を借りなくたって、警察はやることはやるんだ」

萩尾が言うと、ダケ松はわずかに身を乗り出して言った。

「遅いんだよ。まんまと、茶碗をすり替えられちまったんだろう？」

「ちゃんと八つ屋長治を張り込んでいたんだ。いずれは身柄を押さえられたはずだ」

「ふん。その張り込みの連中は、どこにいるんだ？」

そういえば、八つ屋長治とダケ松の待ち合わせ場所には現れなかった。

「長治が監視をまいたってことか？」

「あいつにだって、それくらいの知恵はあるよ。それにな、本物の茶碗がどこにあるかわからないんだろう？　それじゃ、長治のやつを挙げることはできねえじゃねえか」

「たしかにおまえの言うとおりだ。だがな、時間はかかるが、必ず長治の罪状を明らかにして逮捕するはずだったんだ」

「それじゃ遅いって言ってるんだよ」

「遅いって、どういうことだ？」

ダケ松は、またふんと鼻で笑ってそっぽを向いた。

「弟子のことを言ってるのか？」

「俺に弟子なんかいないって言ってるだろう」

「音川なんだろう、キュレーターの」

ダケ松はこたえない。眼を合わせようともしない。

萩尾はさらに言った。

「こっちは全部お見通しなんだよ。音川がおまえの弟子だと考えれば、すべて辻褄が合う」

「弟子なんかじゃねえよ」

「シラを切ってもだめだ」

「だからさ、あいつは俺の弟子なんぞで収まっているタマじゃねえって言ってるんだよ」

「どういうことだ？」

「あいつは天才だよ。俺みたいなケチな仕事をするようなやつじゃねえ」

「たしかに、国宝を盗み出すなんて、たいしたもんだ」

「盗んじゃいねえ」

「デパートに展示されている曜変天目は、偽物とすり替えられていた。そして、それができたのは音川しかいないんだ」

「見事な手口だろう？」

ダケ松が自慢げに言った。

「やっぱり、音川が盗んだということだろう」

「盗んだんじゃねえよ。すり替えただけだ」

萩尾は眉をひそめた。

「同じことだろうが」

「同じじゃねえよ」

そのとき、舎人が言った。

「だから、遅いって言ったんだね」

萩尾は舎人に尋ねた。

「どういうことだ？」

舎人がこたえた。

「まだ、茶碗は八つ屋長治の手に渡っていないということですよ」

「何だって……？」

「つまり、まだ茶碗は美術館職員としての音川の手にあるということです。それならば、盗んだことにはならないと、ダケ松は言ってるんです」

「おい」

ダケ松が、舎人に言った。「誰だか知らねえが、おめえみてえな若造に、呼び捨てにされる筋合いはねえ」

「そいつは、舎人ってんだ」

萩尾はダケ松に言った。「覚えておいて損はないと思うよ」

「トネリだとお？」

「詐欺を担当する二課のベテランがな、こいつに自分のノウハウを学んでもらって光栄だって言ってるんだ」

ダケ松は無言で、舎人を見た。

萩尾はさらに言った。

「それって、誰かと同じ気持ちだよな」

ダケ松は視線を萩尾に戻すと言った。

「音川はなあ、本当の天才なんだよ。鑑定眼も本物、美術品に対する知識も本物。そして、修復の技術も本物なんだ」

舎人が付け加えて言う。

「それに、贋作の技術もね」

ダケ松は舎人を睨んで言った。

「見事な修復ができるやつは、贋作も作れる。それが道理だろう」

萩尾はダケ松に言った。

「八つ屋長治に本物の茶碗が渡ったら、音川が茶碗を盗んだことになる。だが、その前だったら盗みにはならない。それがおまえの理屈か？」

「まあ、そういうことだな。だから、長治が茶碗を手に入れる前に、警察に捕まえてほしかった」

「それは虫がいいな。音川がすり替えをやった段階で罪になると考えるべきだろう」

「音川は、脅されてやったんだ」

「脅された？　八つ屋長治にか」

「そうだ。あの野郎、俺をダシに使いやがった」

「どういうことだ？」

「言うことを聞かないと、長治のやつは、俺の獲物を今後一切さばかないと言ったんだ。長治だけじゃねえ。仲間に、俺が持ち込んだものは一切さばかねえように手を回すって言いやがったんだ」

窃盗犯は、故買屋がいて成り立っている。盗んだ商品を金に換える業者がいなければ、儲けは一切出ない。窃盗事件全体で、現金が占める割合はそれほど多くはない。多くの場合は獲物は品物で、それを換金してシノギにしているわけだ。

故買を一切拒否されるということは、苦労して盗んでも何にもならないことを意味しているのだ。

ダケ松は言葉を続けた。

「音川のやつは、ばかだ。そんなこと言われたって、無視すりゃあいいんだ。俺のことなんて、気にすることたあねえんだ」

「それで、音川は仕事を引き受けたってことか」

「音川はな、自分の勉強のために曜変天目のレプリカを焼いたんだ。電気窯を使ってな。美術館に就職し、実物を見るチャンスがあった。恵まれた境遇に、やつの腕だ。見事なレプリカが出来上がった。八つ屋長治のやつは、どこからかその噂を聞きつけ、音川を巻き込んで曜変天目をすり替える計画を立てたんだ」

「デパートの展示会は、八つ屋長治にとっては、降って湧いたようなチャンスだったというわけだな」

「それも、長治の計画のうちだよ。もともとは、美術館のほうからデパートに持ちかけた話だ。つまり、音川が言い出したことなんだよ」

「八つ屋長治に言われて……」

「そういうことだ。偶然なんかじゃねえ」

「脅されてやったにしても、計画の片棒を担いだことには変わりはない」

「萩尾のダンナ。何も盗まれちゃいねえんだ。音川は泥棒なんかじゃねえ。そうでしょう」

「おかしなことを言うじゃないか。おまえは、音川に盗人の技術を伝授したんだろう。つまり、盗人を育てようとしたわけだ。それなのに、音川が盗人じゃないと言い張るのか」

「だからあいつは、俺みたいなちっぽけな盗人とは訳が違うんだって言ってるだろう」

「盗人は盗人だよ」

「音川は目利きにこだわったんだ。俺のところに来て、こう言うんだ。部屋に入って、一目で金目のものがどこにあるかわかるんだそうですね。その目利きの方法を教えてください……。やつにとっては、あらゆる目利きが興味深かったんだろうな。だから、俺はそれを教えた。盗みを教えたわけじゃねえ」

「ダケ松よ。その言い分は通らないな。盗みの手口を教えたことには間違いないんだよ」

「いいや、音川は目利きの方法を学んだだけだよ」

「でも……」

秋穂が考えながら言う。「音川が長治に茶碗を渡さなければ、茶碗を盗んだことにはならないというのなら、茶碗を受け取っていない長治も罪にならないということですよね」

ダケ松が、秋穂をしげしげと見つめた。

萩尾は、秋穂が言ったことについて考えた。そして、ダケ松に言った。

「たしかに武田が言うとおりだ。音川が罪に問われないというのなら、長治も同じことになる」

「俺にとっちゃ、そんなことはどうでもいいんだ」

「俺たちはそうはいかない。警察にだって面子があるんだ」

「もし、長治の計画をぶち壊せれば、それだけで俺は満足だな。それにな……」

「何だ?」

「おそらく長治は、香港なんかのオークションのディーラーに、曜変天目を持ち込むって約束をしてたんじゃないかと思う。茶碗は、長治の手を経由せずに、海外に持ち出される手筈だったんだろう。いくらやつの周囲を調べても、曜変天目は出てこない。だから余裕をこいてやがったのさ。だが、本物の曜変天目を提供できないとなると、長治の信用は丸つぶれだ。警察に捕まるよりも、そっちのほうが痛いんじゃねえかと思うぜ」

ダケ松が言うことにも一理ある。

秋穂が言う。

「だがな、警察としては国宝を海外に売り飛ばそうとしたこと自体が許せないんだ」

「今のところ、ダケ松さんに対する暴行傷害と、音川に対する強要罪というところですかね……」

舎人がつぶやくように言う。

「暴行罪は、二年以下の懲役もしくは三十万円以下の罰金または拘留もしくは科料。強要罪は、三年以下の懲役ですね。故買の実績を考慮すれば、実刑を食らうことになるでしょうね」

強要は未遂でも罰せられる。

計画が失敗することで、八つ屋長治は、量刑以上のダメージを受けることになる。それがダケ松の狙いだったのだ。

萩尾は言った。

「それにしてもダケ松、おまえ、いったい長治に何を言ったんだ？　やつの怒りを買って、あんな目にあったんだろう？」

「てめえの計画を洗いざらい警察にしゃべってやる。それが嫌なら、金を出せ。そう言っただけだよ」

「何だか安っぽい脅しだな」

「こういうのは、単純なものほど効果があるんだよ」

「あの三人組は何者だ？」

「長治が追い込みや切り取りなんかに利用する地回りだろう」

萩尾は天井を見上げて独り言のように言った。

「武田が言うように、暴行傷害と強要罪でぶちこむしかないか……」

「問題は……」

舎人が言った。「本物の曜変天目が今、どこにあるか、ですね」

それは音川を捕まえない限りわからない。そう思いながら、萩尾はダケ松に言った。

「武田がまとめた供述書に署名捺印したら帰っていいよ」

「また見張りがつくのかい？」

「音川が現れるまでな」

「あいつは、俺に会いに来たりしないよ」

「それでも張り込むのが警察なんだよ」

「ご苦労なこった」

秋穂が、ダケ松の供述をまとめ、プリントアウトを取りに、部屋を出て行った。

その秋穂が、慌てた様子で戻って来た。萩尾は驚いて尋ねた。

「何だ？」

「音川が……」

「音川がどうした」

「出頭したそうです。今、身柄を拘束しました」

音川は、三人の捜査員に取り囲まれ、涼しい顔をしていた。萩尾たちの姿を見ると、彼は言った。

「やあ、どうも」

萩尾は言った。

「自首してきたのか？」

「自首？　なぜ私が……。私は、そこにいる松井さんに会いに来たのです。怪我をしたと聞いたので、心配で飛んで来たんですよ」

萩尾は振り向いた。そこにダケ松がいて、唖然として立ち尽くしている。

音川が言った。

「松井さん。病院へ行かなくてだいじょうぶですか？」

ダケ松が言った。

「ばかやろう……。いったい、何のつもりだ……」

音川がこたえる。

「何のつもりだ、はないでしょう。迎えに来たんですよ。さあ、帰りましょう」

萩尾は言った。

「ダケ松は帰れる。だが、あんたはそうはいかない」

音川がきょとんとした顔で言う。

「どうしてです？」

「曜変天目をすり替えて盗もうとしたからだ」

「ちょっと待ってください。それはいったい、何の話です？」

「八つ屋長治に強要されて、搬入前に茶碗を偽物とすり替えたんだ。その手口もすでにわかっている」

「ええと……。たしかに、板垣長治には、私が作ったレプリカと本物をすり替えろって言われました。言うことを聞かないと、いろいろとまずいことが起きるぞと脅されて……」

「ダケ松の仕事ができなくなると脅されたんだな？」

音川はダケ松のほうを見て、かすかに笑みを浮かべて言った。

「ええ、まあ、そういうことですね。でも、私は何もやっていません。そう言えば、板垣長治は、展示されている曜変天目が偽物だって言ったそうですね。そんなのでたらめですよ」

「陳列ケースの中の茶碗は本物だと言うのか？」

「ええ。もちろん。皆さんで確認したじゃないですか」

舎人が音川に言った。

「曜変天目は偽物でした。僕が確認しました」

音川はほほえんで言った。

「もう一度、ちゃんと確認すべきですね」

「手口はわかっていると言っただろう」

萩尾は言った。「陳列ケースに収めるときにはすでに偽物だったのだろう。あんたは、スマホで曜変天目の高台を撮影して、舎人のスマホに送った。だがそれはあらかじめ撮影してあった本物の写真だった」

音川の余裕の表情は消えない。

「ほう……。たしかにその方法だと、すり替えることはできそうですね」

「本物はどこにあるんだ」

「デパートの陳列ケースの中ですよ」

「デパートにあるのは、あんたが作ったレプリカだろう」

「ですから、それを確かめてくださいと言ってるんです」

「俺は、この舎人の鑑定眼を信じているんだ。だから、その必要はない。陳列ケースの中の茶碗は偽物だ」

そのとき、舎人が言った。

「もう一度確認すべきじゃないでしょうか」

萩尾は思わず、舎人の顔を見ていた。

「何だって？」

「そうしなければ、彼の罪を確定できないでしょう」

舎人は音川を見つめて言った。彼は挑戦者の顔つきをしていると、萩尾は思った。

「おまえがそう言うのなら、もう一度確かめてもいいが……」

舎人がさらに言った。

「より確実にするために、僕以外にも鑑定をする人が必要ですね」

「音川というわけにもいくまい」

「だったら、八つ屋長治に見てもらいましょう」

萩尾は驚いた。

「なんだって？　あいつが本当のことを言うと思うか？」

「茶碗を見たときの反応でわかるでしょう」

「そいつはいいや」

ダケ松が言った。「みんなで調べりゃいい」

「おまえは黙ってろ」

萩尾はダケ松に言ってから、秋穂に尋ねた。「どう思う？」

「確認すべきでしょう。もう一度調べてみて、曜変天目が偽物だとわかれば、その場で音川さんを逮捕できます」

音川がそれを聞いて肩をすくめた。

「偽物なんかじゃないですから、私が罪に問われることなどありませんね」

萩尾は音川に言った。

「デパートに展示されている曜変天目が本物か偽物か確認するまで、身柄を拘束させてもらう。また姿を消されると面倒なのでな」

「いいですよ」

本人の同意が得られたので、明日の朝まで身柄を拘束することにした。渋谷署員にそう指示してから、萩尾は秋穂に言った。

「デパート事業部の上条さんに電話をして、明日の開店前にもう一度、曜変天目の鑑定をやらせてくれと申し入れてくれ」

「わかりました」

秋穂がすぐに電話をする。

萩尾は、林崎と八つ屋長治がいる取調室に向かった。秋穂が上条に電話をしながらぴたりとついてくる。

取調室の前まで来ると秋穂が言った。

「上条さん、何だかんだ文句を言ってましたけど、ようやく鑑定を了承してくれました。明朝午前九時です。トーケイの久賀さんも同席するそうです」

「わかった」

林崎を廊下に呼び出して、これまでの経緯を話した。林崎は目を丸くして言った。

「音川が現れた?」

「そうだ」

「それで、もう一度、茶碗の鑑定をしろだって?」

「そういうことだ」

「それを呑むつもりか?」

「音川と長治の目の前で鑑定するんだ。偽物だとなれば、音川も言い逃れはできない」

「長治に鑑定させるのか?」

「舎人だけよりも信憑性が増す。長治の鑑定眼は確かだ」

林崎は顔をしかめた。

「長治にはハギさんから言ってくれ。俺からはとても言う気になれねえや」

「わかった」

萩尾は取調室に入り、スチール机の向こうに座っている八つ屋長治に、鑑定の話をした。

長治は、苦笑して言った。

「いいですよ。何度でも拝ませてもらいますよ。どうせ、偽物に決まってますがね……」

「では、明日の午前九時」

萩尾は言った。「しっかり鑑定してもらうぞ」

23

萩尾がデパートの展示会場にやってきたのは午前八時五十分で、秋穂とダケ松がいっしょだった。

秋穂とはダケ松の自宅アパートの前で待ち合わせをして、ダケ松を連れてここまでやってきたのだ。

到着したときには、すでにデパート事業部の上条とトーケイの久賀が会場にいた。

上条は明らかに迷惑そうに言った。

「今さら鑑定をやり直して何になるというのです。偽物が本物に変わるとでも言うのですか」

彼の恨みがましい気持ちもわからないではないと、萩尾は思った。

警備会社に決して安くはない費用を支払い、さらに警察が警備に立ち会う中で、国宝の茶碗がすり替えられたのだ。

そのまま偽物を展示したら詐欺罪になる、などと警察に言われても、とてもではないが納得はできないだろう。

だが、法律は法律だ。本物と偽って展示会を続けることは許されないのだ。

萩尾は言った。

「すいません。警察というのは、何度も確認を取らなければならないんです」

八時五十五分に、林崎と彼の部下が音川と八つ屋長治を連れてきた。

音川と長治の姿を見て、上条と久賀は驚いた顔になった。上条が音川を指して言った。

「逮捕したのですか？」

萩尾はこたえた。

「いえ。まだ逮捕はしていません。彼の罪を確定するためにも、もう一度曜変天目が本物か偽物か鑑定する必要があるのです」

八つ屋長治が言った。

「俺が偽物だと言ったら偽物だよ。何度調べたって間違いないさ」

萩尾は八つ屋長治に言った。

「そいつを確かめるために、わざわざ時間を取ってもらったんだ。先入観は捨てて、ちゃんと鑑定してくれ」

「わかってるよ」

上条が音川に言った。

「あなたを信頼していたんです。それを裏切るなんて……」

音川は戸惑ったような表情でこたえた。

「勘違いされているようですね。私は何もしていません」

「茶碗をすり替えたのでしょう」

「そんなことはしていません。その陳列ケースの中にある曜変天目は本物なんですから……」

九時ちょうどに舎人がやってきた。なんとなく眠そうな顔をしている。いかにも頼りなさそうに見えるが、彼の鑑定眼に間違いはないと、萩尾は信じていた。

これで顔ぶれがそろった。萩尾は言った。

「では、さっそく始めましょう」

音川がトーケイの久賀に言った。

「鑑定の精度を高めるために、特別に実際に触れていただきましょう。陳列ケースのセキュリティーを切っていただけますか？」

久賀が冷ややかに言った。

「セキュリティーは入っていませんよ。レプリカにセキュリティーをかける必要はありませんからね」

彼も音川に対して腹を立てているのは明らかだった。音川のせいで信用をなくしたのだから当然だ。

音川はうなずいて陳列ケースに近づいた。ケースの背面の扉を開けて、中の茶碗を手袋をした手に取る。掌で味わうように確かめると、彼は言った。

「ご覧のとおり、これは間違いなく本物です。さて、まずどちらからご覧になりますか？」

舎人が言った。

「僕が見よう」

音川は茶碗をケースの中に置き、場所を空けた。舎人がその場に入れ替わり、音川同様に陳列ケースの中に手袋をした両手を差し込むようにして、茶碗に触れた。

手の中で回し、逆さまにして高台をじっと観察する。再び、茶碗の内側をじっと見ている。ゆっくりと茶碗を揺らしている。内側に映る光を回しているのだ。それで、斑紋が七色に光ると言われている。

その様子をじっと見つめていた萩尾は、おやと思った。

舎人に戸惑いの表情が浮かんだのだ。

秋穂もそれに気づいたようだ。萩尾に怪訝な顔を向けてきた。二人は眼を見合わせていた。

舎人の戸惑いの表情はやがて驚きに変わり、さらに怒りにも似たものになった。彼は、そっと陳列ケース内に茶碗を置き、慎重に手を引っ込めた。

その後もしばらく、睨みつけるように曜変天目を見つめていた。

様子がおかしいので、萩尾は尋ねた。

「舎人、どうした」

舎人はこたえず、茶碗を見つめている。

萩尾はもう一度尋ねた。

「どうしたんだ?」

舎人は、ようやく茶碗から眼を離し、身を起こすと彼に注目している人々を見回した。彼は「信じられない」という顔をしている。こんな舎人を見るのは初めてだと、萩尾は思った。

やがて彼は言った。

「本物です」

「何だって？」

思わず萩尾は聞き返していた。「本物？」

「はい」

「そこにある曜変天目が本物だという意味か？」

「そうです。これは本物です。でも……」

舎人の声はだんだんと小さくなっていった。

八つ屋長治が言った。

「何をばかなことを言っている。あんたの鑑定眼は怪しいもんだな。本物のはずがないだろう」

音川が八つ屋長治に言った。

「では、続いてあなたが鑑定をしてください」

八つ屋長治は、面倒臭そうな顔になった。これはポーズだと、萩尾は思った。自分を大物に見せたいのだ。

彼は悠々と歩み出て、陳列ケースの前に立った。わずかに体をかがめ、顔を茶碗に近づける。

そのまま動きを止めた。

そして、咳払いをして懐から天眼鏡を取り出した。茶碗の前に掲げて、じっと見つめる。

天眼鏡をいったん懐にしまい、そっと茶碗を手に取った。しばらくためつすがめつしてから、
茶碗を置き、再び天眼鏡を取り出して観察した。

その額に汗が滲みはじめた。

長治の様子も、明らかにおかしかった。

萩尾は言った。

「どうなんだ?」

長治は茶碗を見たままつぶやいた。

「そんなはずはないんだ……」

「そんなはずはないというのは、どういうことだ。はっきり言ってくれ」

八つ屋長治が萩尾を見据えて言った。

「いったい、何をやったんだ?」

今度は萩尾が戸惑う番だった。

「何をって……。俺たちは何もやっていない」

長治は、はっと気づいたように音川を見た。

「てめえ、裏切りやがったな……」

音川は困ったような表情で言った。

「裏切る……? いったい、何のことでしょう」

萩尾は八つ屋長治に言った。

「はっきり言ってくれ。その茶碗は本物なのか、偽物なのか」

長治は、悔しそうに萩尾を見つめていた。やがて彼は言った。

「さあてね。俺にはわからんな」

「昨日の午前中に、あんたははっきりと言った。そこに陳列されていた茶碗が偽物だと」

「間違いなく偽物だった。それは間違いない」

「なのに、今そこにある茶碗を見て真贋がわからないというのは、どういうことだ」

長治は奥歯を噛みしめていた。彼は追い詰められている。

萩尾はさらに問いただした。

「どうなんだ。あんたの鑑定眼は確かなんだろう」

長治は眼をそらし、開き直ったように言った。

「その刑事が言うとおりだ。そいつは本物だよ」

あっけに取られたように上条が長治と萩尾の顔を交互に見ている。

久賀も何が起きたのかわからないという様子だった。

音川が、ほほえみを浮かべて言った。

「私が言ったとおりでしょう。本物の曜変天目は、ずっとその陳列ケースの中にあったのです」

「そんなはずはない」

八つ屋長治が言った。「展示会で見たときには、間違いなく偽物だった」

ようやく落ち着きを取り戻した様子の舎人が言う。

「そうです。僕もたしかに確認しました。昨日そこにあったのは偽物です」

音川は肩をすくめて言った。

「真贋の鑑定というのは、微妙なものです。誰かが偽物だと言い出したら、そういうふうに見えてしまうものです」

「いや」

舎人はかぶりを振った。「間違いなく偽物でした」

「しかし、今そこにあるのは本物だと確認されたのですね」

音川は、聞き分けのない子供に言い聞かせるように、舎人に言った。

「たしかに本物ですが……」

「だったら、昨日陳列ケースの中にあったのも本物だということになるじゃないですか」

八つ屋長治が言った。

「いや、昨日見たときは偽物だった。てめえ、すり替えやがったな……」

長治はすさまじい眼で睨んだが、音川はほほえみを浮かべたままだ。

「なぜ私がそんなことを……」

「ぶっ殺してやる」

ダケ松が嬉しそうに言った。

「ふん、語るに落ちるってのはこのことだな。てめえで罪を白状しやがった」

「何だと」

長治は、今度はダケ松を睨む。

萩尾は八つ屋長治に言った。

「ダケ松が言ったとおりだ。あんた、音川さんに対して、裏切ったと言ったね。それについて、後で詳しく聞かせてもらうよ」

ダケ松がさらに言う。

「強要の罪は三年以下だっけ？　だが、おまえの信用はがた落ちで、罪状以上の報いを受けることになりそうだな。海外で茶碗の到着を待っている連中はおまえのことをどう思っているかな」

八つ屋長治は何も言えない様子だった。ただ握った拳をぶるぶると震わせている。口を強く結んでいるので、唇が白っぽくなっていた。

舎人と八つ屋長治がそろって鑑定をしたのだから、昨日陳列ケースの中にあった茶碗は偽物だったのだろうと、萩尾は思った。

今日はそれが、本物に替わっている。

搬入のときはすでに偽物だったはずだ。音川は、それを本物だと舎人に鑑定させるトリックを使った。

陳列ケースの扉が閉じられ、警報がセットされたとき、中にあったのは偽物だ。

それをまた誰かがすり替えたということだろうか。それができるのは音川だけだと、萩尾は思った。

萩尾はダケ松を見た。そして、つぶやいた。

「なるほどな……」

ダケ松がそれに気づいて、萩尾に尋ねた。

「何だい、萩尾のダンナ……」

「さすがにダケ松の弟子だと思って感心してたのさ」

「だから、弟子なんかじゃねえってば……」

じっと成り行きを見守っていた林崎が、萩尾に言った。

「いったい、何が起きたんだ？　ダケ松の弟子だから何だと言うんだ？」

萩尾はこたえた。

「警備が厳重なデパートに忍び込んで、茶碗を偽物から本物にすり替えるなんて芸当は、ダケ松の弟子だからこそできたんだと思ってさ」

「すり替えた……」

「そうじゃなきゃ、理屈が通らない」

「でも、陳列ケースは決して破れないんだろう？」

「あ……」

秋穂が声を上げた。「陳列ケースの警報は切ってあったんですね」

トーケイの久賀がこたえた。

「ええ。偽物にセキュリティーをかける必要はないから切ってくれと言われて……」

萩尾は尋ねた。

「誰に言われたんです？」

「上条さんから……」

上条は驚いたように言った。

「私はそんなことは言ってませんよ。まあ、偽物だったらセキュリティーの必要はないとは思いますがね……」

「言ってない……?」

萩尾が確認するように尋ねた。

「ええ。言ってません」

「でも、久賀さんは、そう言われたと……」

久賀がうなずいた。

「ええ……」

「直接、上条さんから言われたのですか?」

「いいえ、部下の方から電話で……。上条さんの指示だということで……」

「その部下の方のお名前を確認しましたか?」

「いえ、聞いていません。その必要はないと思いました。だって、ケースの中にあるのは偽物だったんですから……」

秋穂が言った。

「だからすり替えることができたんですね」

萩尾が音川に言った。

「久賀さんにその電話をしたのは、あなたじゃないのですか?」

音川はまだほほえみを浮かべている。

「なぜ私がそんなことを……。言ってるじゃないですか。陳列ケースの中にあったのは、ずっと本物だったんですよ」

たしかに、現時点では単なる憶測に過ぎない。防犯カメラの映像解析や、指紋などの遺留品を調べて、何か証拠を見つけなければならない。

しかし、と萩尾は思った。

証拠は見つからないだろう。証拠を残さないのがダケ松の手口の特徴なのだ。

萩尾は林崎に言った。

「八つ屋長治の身柄を署に運ぼう。いろいろと訊くことがある」

「わかった。任せてくれ」

音川が萩尾に言った。

「私はまだ拘束されるのでしょうか?」

萩尾は舎人を見た。それから林崎に視線を移した。

二人は萩尾に判断を仰いでいる様子だ。

萩尾は音川に言った。

「お帰り頂いてけっこうです。ただし、またお話をうかがうことになるかもしれません」

「いつでもどうぞ」

「どこかに消えてしまう、なんてことはないでしょうね」

「何のために？　私はこれからも美術館でキュレーターとして働くつもりです。仕事を失いたくはありません。ですから、どこへも行きませんよ」

萩尾はダケ松に言った。

「例の目黒の空き巣狙いの件だが、おまえの仕事じゃないとしたら、弟子の音川さんがやったということになるんじゃないのか？」

ダケ松がうんざりしたような顔で言った。

「何度言わせるんだ。音川は弟子なんかじゃないよ。そんなことを俺に言うってことは、証拠がねえんだろう？」

ダケ松が言うとおりだった。

目黒署の茂手木に会わせる顔がないな、と萩尾は思っていた。だが、こういう展開になった以上、ありのままを話すしかない。

何か証拠が出ない限り、音川の身柄を押さえることはできない。

「もう用はねえだろう。俺は引きあげるよ」

出入り口に向かおうとするダケ松に、萩尾は言った。

「刑務所に戻ってこようなんて思うなよ」

「俺が仕事を辞めたら、ダンナが淋しい思いをするだろう」

音川が言った。

「じゃあ、私も失礼します」

二人はそろって会場を出て行く。

秋穂が悔しそうに言った。

「このままでいいんですか?」

このままでいいとは思わなかった。だが、どこかで折り合いを付けなければならない。

「あの二人は、国宝を海外に売りさばこうという八つ屋長治の計画を未然に防いでくれたんだ」

「それはそうですけど……」

「だが、また何かやったら容赦なく逮捕するさ」

秋穂が、小さく溜め息をついてうなずいた。

「俺たちも行くぜ」

林崎が言った。

「ああ、ご苦労だった」

林崎とその部下が八つ屋長治を連れて会場をあとにした。長治はすっかり勢いをなくし、ただうなだれるだけだった。

彼らが出て行くと、秋穂が言った。

「信用をなくした八つ屋長治はもう故買はできないかもしれないですね」

「だといいがな……。ああいうやつらは、なかなかしぶとい。息の根を止めたと思っても、いつの間にか返り咲いていたりする」

「萩尾さん、なんだかそれを期待しているように聞こえますよ」

「おまえさんがそう思っているからだよ」

秋穂は肩をすくめただけで何も言わなかった。

萩尾は、舎人に言った。

「詐欺の立件も無理だな」

「そうですね」

すでに、あっけらかんとしたいつもの舎人に戻っている。

「もう音川には興味はないという顔をしているな」

「そうじゃありません。萩尾さんが言ったじゃないですか。また何かやったら容赦なく逮捕するって……。僕も同じ気持ちなんです」

「そうか」

「音川は、逃げも隠れもしないってことですからね」

そのとき、上条が久賀に言った。

「すぐにセキュリティーをかけてくれ。中にあるのは本物だということだからな」

「わかりました」

久賀は詰所に向かった。

それから上条は、萩尾に向かって言った。

「これで曜変天目の展示を中止する理由はなくなりましたね」

切り口上だ。無理もない。

萩尾はうなずいた。

「ええ、もちろん」

「まったく、昨日から今日にかけての騒ぎは、いったい何だったんでしょうね……」

「眼に見えない戦いだったんですよ」

萩尾は言った。「プライドと技術、そして鑑定眼をかけたプロの戦いでした」

24

デパートを出ると、萩尾は舎人と別れ、秋穂を連れて目黒署に向かった。茂手木係長に事情を説明しなければならない。

気が重かった。また茂手木を怒らせることになるかもしれないと思った。

茂手木は係長席におり、係員もほぼ顔をそろえている。

その係員たちの前で、萩尾は茂手木に頭を下げた。秋穂が慌ててそれにならった。

茂手木が驚いた顔で言った。

「いったい何事だ、ハギさん」

萩尾は頭を下げたままで言う。

「ダケ松の件に関しては迷惑をかけた。そして、おたくの面子をつぶしてしまった」

「頭を上げてくれ。ダケ松のことだって？」

萩尾は言われたとおり頭を上げた。

「そうなんだ」

「昨夜、ダケ松と八つ屋長治の身柄を、渋谷署に運んだそうじゃないか。そのことか？」

「そうだ」

「詳しく話を聞こう」

茂手木は、注目している係員たちの様子を見て立ち上がった。「こっちへ来てくれ」

彼は、四角いテーブルが中央にどんと置かれている小会議室に、萩尾と秋穂を連れて行った。

渋谷署で使っていたのと同じような部屋だ。どこの警察署も、だいたい内装は似たようなものだ。

茂手木は、ホワイトボードのそばの椅子に座ると言った。

「まあ、かけてくれ。話を聞こうか」

萩尾と秋穂は並んで、出入り口近くの席に腰を下ろした。

「そもそもは八つ屋長治が計画したことだった」

萩尾は話しはじめた。そして、すべての出来事を詳しく説明した。

茂手木は、あいづちも打たずに黙って話を聞いていた。彼が何を考えているのか、萩尾にはわからない。今、萩尾にできるのは、ありのままをすべて話して聞かせることだけだ。

長い説明が終わった。しばらく誰も口を開かなかった。

萩尾は、茂手木が何か言うのを待つべきだと思った。

やがて、茂手木が言った。

「たまげたな……。その美術館のキュレーターが、ダケ松の弟子だって……」

「そうだ」

「音川といったか？　そいつが、曜変天目のレプリカを作った。……で、それを八つ屋長治が知り、すべてを計画したと……」

「おそらく、音川がダケ松から盗みの手口を教わっているという噂が、八つ屋長治の耳に入ったんだろう。裏社会での噂は驚くほど速く、広く伝わる。八つ屋長治は、ダケ松の弟子のことなど知らないと言っていて、俺もそれを信じていた。俺もヤキが回ったかな……」

「なるほど……。それで、音川は曜変天目の盗みを強要され、八つ屋長治をひっかけるために一芝居打ったというわけか」

「けっこうな大芝居だったと思う」

「ダケ松も音川も引っ張れない。それで、俺に頭を下げたってわけか」

「ダケ松を泳がせれば、必ず空き巣の実行犯と接触する。そこを一網打尽にすればいい、なんて言っちまったからな……」

それからまた、しばらく茂手木は無言で考え込んでいた。

そして、彼は言った。

「話はわかった。だから、さっさと帰ってくれ」

やはり腹を立てたのだろうか。

「目黒署には申し訳ないことをしたと思っているんだ」

「だからさ、帰れと言ってるんだよ。お互い、忙しい身なんだ」

「それはそうだが……」

「勘違いするな。謝る必要なんかないから言ってるんだ。ここにいて謝っているのは、明らかに時間の無駄だろう」

「え……」

「ハギさんよ。どうやら俺を、ずいぶんとわからず屋だと思っているようだな。仕事ってのはいつもうまくいくわけじゃない。そんなことは百も承知だ。事情はよくわかった。もう、何とも思っていないから、わざわざ謝りに来る必要はなかった。俺はそう言いたいんだよ」

「そう言うが、一度検挙したダケ松を、俺のせいで放免にしなければならなかったんだ」

「ダケ松はやってないんだろう?」

「そう思う」

「そして、そのキュレーターだか何だかも、逮捕できないんだろう?」

「茶碗は盗まれていないし、空き巣の件でも、証拠は出ていない」

「なら、しょうがない」

「済まん」

「だから、謝るなって」

「そうだった」

「ただしだな、俺たちが空き巣の件で何か証拠を見つけたら、その音川ってやつを挙げるぜ。それはかまわないな」

萩尾はうなずいた。

「もちろんだ」

「だったら何の問題もない。そうだろう」

目黒署を出て、中目黒駅までのけっこうな距離を歩いた。秋晴れの気持ちのいい日だった。秋になると、光と影のコントラストはくっきりとしてくる。萩尾はそれがなぜなのか、いつも不思議に思う。

秋穂が言った。

「茂手木係長、全然気にしていない様子でしたね」

「そういうふうに装っているだけじゃないのか。少なくとも、実際にダケ松を挙げた部下たちはいろいろと言うだろう。それをなだめる役を茂手木に押しつけちまったんだ。いくら謝っても足りないくらいだ」

「萩尾さん、気のつかいすぎじゃないですかね。茂手木係長も言ってましたけど、みんな忙しいから、そんなに過去のことを気にしてやしませんよ」

「いくら気をつかっても、つかいすぎってことはないよ。人間はたいてい、うっかり気をつかわないことで失敗するんだ。常に気配りをする人は失敗しない」

「それって、泥棒の話みたいですね」

「盗人稼業も人生も同じだよ」

「覚えておきます」

秋穂のその一言が、本気なのか冗談なのか、萩尾にはわからなかった。たぶん、本気で言ったのだろう。

秋穂は警察官として成長した。常に何かを学ぼうとしている者しか成長できない。

萩尾はふと、音川のことを思い出した。

彼は好奇心が旺盛で、何でもかんでも学ぼうとするのだろう。ダケ松から盗みの手口を教わったのもそれ故だろう。

そういうやつは必ず成長する。だが、何を目指して成長するのだろう。一流のキュレーターを目指しているのなら問題はない。だがもし、一流の犯罪者を目指しているのならやっかいなことになる。

そうでないことを祈るしかないな。

萩尾がそう思ったとき、ようやく中目黒の駅の手前の立体交差にたどりついた。


『中国陶磁器の歴史展』は、無事に終了した。

贋作騒ぎが人々の関心を引いたのか、来客数は当初の予想を大きく上回ったという。

それまで曜変天目など聞いたこともないという人たちも、真贋を取り沙汰するマスコミのおかげで関心を持ち、足を運んだのだろう。

主催者たちは、無事に催事が終わったというだけで安心してはいられない。これから、展示品を返却する作業が残っている。搬入と搬出、裏方にとってはそれが最も重要なのだ。

萩尾は、渋谷署の林崎から連絡を受け、搬出に立ち会うことにした。最終日の午後十時に、搬出作業が始まる。

展示品はそれぞれの持ち主に返却され、売れ残った販売用の品は倉庫に戻される。曜変天目は、美術館に返される。受け取りに来るのは、音川だという。

萩尾は秋穂とともに、九時五十分に会場に着いた。すでに林崎、上条、久賀の三人が顔をそろえていた。

そして、十時ちょうどに音川がやってきた。彼は搬入のときと同じく、金属のケースを携えていた。

音川に曜変天目をゆだねるのか……。そう思うと、萩尾は妙な気分になった。秋穂や林崎も同じようなことを感じているのだろう。複雑な表情をしている。

一方、上条はご機嫌だった。

贋作騒ぎで肝を冷やしたが、怪我の功名で、展示会が一般に知れ渡り、イベントは大成功だった。それで気をよくしているのだろう。

しかも、彼は曜変天目を返却してしまえば、あとがどうなろうと知ったことではないと考えているのだろう。

音川は、今でも美術館のキュレーターであることは間違いない。上条にとってみれば、それで充分なのだ。

音川が言った。

「皆さんおそろいですね」

林崎が言った。

「また、偽物にすり替えられたらたいへんだからな」

音川はほほえんだ。

「ですから、そんな事実はなかったんですよ」

それから彼は、久賀に言った。「さて、警報を解除してください」

久賀が無言でその言葉に従う。久賀も、元警察官だけあって、音川には敵愾心《てきがいしん》を持っているようだ。

「警報を解除した」

久賀はそう言うと、陳列ケース背面の扉を開けた。

「では……」

音川が陳列ケースの背面に回り、両手を中に差し入れた。

萩尾はその様子をただじっと見ていた。

音川は曜変天目を絹らしい布にくるみ、木箱に収めると、紐を結び、さらにそれを金属のケースに納めた。

そして、彼は言った。

「たしかに受け取りました」

久賀が言った。

「では、美術館までお送りしましょう」

トーケイの責任はおそらく、デパートを出るまでだ。これはアフターサービスだろう。そして、このまま持ち逃げされたくはないという久賀の警戒心の表れなのかもしれない。

音川はにっこりと笑って言った。

「それは助かります」

「すぐに出発します」

「こちらは、いつでも」

そのとき、萩尾はどうしても一言、言っておきたくなった。

「音川さん」

「何でしょう?」

「あなたはどういうおつもりかわかりませんが、犯罪には必ず被害者がいるのです。被害者のことを思えば、私はどんな犯罪も許せないのです」

音川は何も言わない。

久賀が言った。

「行きましょうか」

音川が萩尾に言った。

「では、失礼します」

二人が会場を出て行くと、上条が言った。

「ああ、これで肩の荷が下りましたよ」

それから、萩尾たち警察官のほうを見て頭を下げた。「いろいろとお世話になりました。おかげさまで、こうしてイベントを終えることができました」

警察にさんざん噛みついたことをすっかり忘れているようだ。あるいは、これが彼の処世術なのだろうか。

だが、礼を言われて悪い気はしない。萩尾は言った。

「ごくろうさまでした。こちらこそ、ご協力を感謝します」

林崎が言う。

「じゃあ、俺たちも引きあげよう」

三人の警察官は連れだって催事場を出た。

デパートをあとにすると、林崎が言った。

「結局、八つ屋長治を強要と傷害で挙げただけだったな」

萩尾は言った。

「国宝が盗まれるのを防いだんだ。盗人を挙げるだけが仕事じゃない。防犯も立派な警察の役目だよ」

「そうだな。ともあれ、長治の目論見が防げたんだ。それでよしとするか」

「ああ」

「じゃあな」

林崎は、渋谷署に向かった。萩尾と秋穂は、半蔵門線の乗り場を目指して歩いた。

秋穂が言った。

「……でも、結局、音川の計画どおりだったということですよね。なんだか悔しいなあ……」

「俺だって悔しいさ。だが、こういうこともある」

「悔しいって言いながら、やっぱり萩尾さん、うれしそうなんだから」

「だから、なんで俺がうれしそうなんだよ」

「手強い相手が現れると、いつもそんな顔をするんですよ」

「そんなことはないと言ってるだろう」

秋穂は、急にしんみりとした口調になって言った。

「ダケ松は、堅気にはなれないんですかね……」

「仕事があればな……」

「選り好みをしなければ、仕事は見つかると思うんですが……」

「世間は、前科者には冷たい。盗人を雇おうという奇特な人がいれば別だが……」

何とか更生してもらいたいとは思う。だが、世の中それほど甘くはない。世の中は、二極分化が進んでいるように思える。弱者はますます虐げられていく。

いや、それも思い込みかもしれない。世の中の暗い面ばかりを見ていても仕方がない。きっとよくなっていることもあるに違いない。

そう思って生きていくほうがいいに決まっている。萩尾はそんなことを思っていた。

それから数日後、萩尾と秋穂が外回りから警視庁本部庁舎に戻ってくると、一階の受付前で、舎人にばったり会った。柏井といっしょだった。

秋穂が言った。

「あら、今日は一人じゃないんですね」

舎人ではなく、柏井がこたえた。

「二人のほうが、勉強になることがあるかもしれないと言うんでね」

秋穂が目を丸くする。

「舎人さんがですか?」

「そうだよ」

舎人がこたえる。「何か不思議?」

「ずっと一人で行動していたんでしょう?」

「一人でやるべきこともある。でも、経験にはかなわない部分もある。それは学ぶべきだよ」

こういう物言いは反感を買いがちだが、舎人に他意はないのだ。彼は、純粋にそう思っているだけだ。それを包み隠さず言ってしまうのだろう。

「今頃それに気づいたの?」

「いつ気づくかは問題じゃない。気づいたことが重要じゃないか」

秋穂があきれたような顔になる。

彼女は彼とは合わないと言っていたが、案外いい組み合わせかもしれないと、萩尾は思った。

「じゃあな」

柏井が言い、二人は出入り口に向かった。

その後ろ姿を見て、秋穂が言う。

「何だかんだ言って、舎人は一皮むけたってことですかね」

「だから、呼び捨てはやめろと言っているだろう」

萩尾はエレベーターホールのほうに歩きはじめた。秋穂がぴたりとついてくる。

たしかに、ほんの数日で舎人は変わった。きっかけさえあれば、そういうことがあるのだ。

秋穂も、初めて会ったときと比べれば、ずいぶん変わった。本人はあまり気づいていないようだ。成長というのはそういうものだ。

若者たちは成長していく。自分たちは老いていく。それが人生だ。

だから人は何かを伝えようとするのだろう。

萩尾はそう思いながら、秋穂とともにエレベーターに乗った。

【初出】「小説推理」二〇一五年四月号〜一六年三月号
作中に登場する人名・団体名は全て架空のものです。

今野敏　こんの・びん

一九五五年北海道生まれ。上智大学在学中の七八年『怪物が街にやってくる』で問題小説新人賞を受賞。レコード会社勤務を経て執筆活動に入り、ミステリーから警察、伝奇、格闘小説まで幅広く活躍。二〇〇六年『隠蔽捜査』で吉川英治文学新人賞を受賞。〇八年『果断―隠蔽捜査2―』で山本周五郎賞、日本推理作家協会賞を受賞。〈ST　警視庁科学特捜班〉〈東京湾臨海署安積班〉〈任侠〉シリーズなど、多くの人気シリーズがある。近著は『防諜捜査』『マル暴総監』など。

真贋《しんがん》

二〇一六年六月二五日　第一刷発行

著者　今野敏
発行者　稲垣潔
発行所　株式会社双葉社
〒162－8540
東京都新宿区東五軒町3－28
電話　03－5261－4818（営業）
03－5261－4831（編集）
http://www.futabasha.co.jp/
（双葉社の書籍・コミック・ムックが買えます）

印刷所　大日本印刷株式会社
製本所　株式会社若林製本工場
カバー印刷　株式会社大熊整美堂
CTP　株式会社ビーワークス

ISBN978-4-575-23967-6 C0093